NOS

tradução ELISA NAZARIAN

SCHOLASTIQUE MUKASONGA

BARATAS

A todos que pereceram no genocídio em Nyamata,
a Cosma, meu pai,
Stefania, minha mãe,
Antoine, meu irmão e seus nove filhos,
Alexia, minha irmã, seu marido, Pierre Ntereye,
e seus filhos,
Jeanne, minha irmã caçula e seus filhos,
Judith e Julienne, minhas irmãs e seus filhos.

A todos aqueles de Nyamata que são citados neste livro,
e a todos aqueles, mais numerosos, que não o são.

Aos raros sobreviventes que carregam a dor de sobreviver.

TODAS AS NOITES MEU SONO É ABALADO PELO MESMO pesadelo. Sou perseguida, escuto uma espécie de zumbido que vem em minha direção, um barulho cada vez mais ameaçador. Não me viro. Não vale a pena. Sei quem me persegue... Sei que eles têm facões. Não sei como, sem me virar, sei que eles têm facões... Às vezes, também, aparecem minhas colegas de classe. Escuto seus gritos quando elas caem. Quando elas... Agora, estou correndo sozinha, sei que vou cair, que vão me pisotear, não quero sentir o frio da lâmina sobre o meu pescoço, eu...

Acordo. Estou na França. A casa está em silêncio. Meus filhos dormem em seu quarto. Tranquilamente. Acendo o abajur de cabeceira. Vou até a sala e me sento em frente a uma mesinha. Sobre ela, há uma caixa de madeira e um caderno escolar de capa azul. Não preciso abrir a caixa, sei o que ela contém: um pedaço de tijolo todo gasto, uma folha seca, uma pedra chata e afilada, as bordas cortantes, letras escritas em folhas de caderno.

Sobre a mesa também há uma foto, uma foto de casamento, o casamento de Jeanne, minha irmã caçula. Estão todos reunidos: a noiva em seu vestido branco, que eu mandei fazer em um alfaiate paquistanês em Bujumbura; Emanuel, o noivo, apertado em seu terno; meu pai, com a canga branca amarrada no ombro; minha mãe, muito frágil, envolta em sua roupa domingueira. Procuro Antoine, meu irmão mais velho, e seus nove filhos, minha irmã Alexia e seu marido, Pierre Ntereye, professor universitário, e Judith, a mais velha da família, que fez a comida das núpcias porque, em Kigali, ela aprendeu a preparar a cozinha "moderna"; e todos os sobrinhos, todas as sobrinhas, e todos de Nyamata, de Gitwe, de Gitagata. Eles vão morrer. Pode ser que já saibam disso.

Onde estão eles hoje? Na cripta memorial da igreja de Nyamata, crânios anônimos entre tantas ossadas? Na *brousse*, sob os espinheiros, em uma fossa que ainda não veio a público? Copio inúmeras vezes o nome deles no caderno de capa azul, quero provar a mim mesma que eles existiram, pronuncio seus nomes um a um na noite silenciosa. Sobre cada nome devo definir um rosto, pendurar um retalho como lembrança. Não quero chorar, sinto as lágrimas escorrerem pelas minhas faces. Fecho os olhos, esta será mais uma noite sem sono. Tenho muitos mortos a velar.

I
FIM DOS ANOS 1950:
UMA INFÂNCIA TUMULTUADA DESDE MUITO CEDO

Nasci no sudoeste de Ruanda, na província de Gikongoro, na borda da floresta de Nyungwe, a grande floresta de altitude que dizem abrigar – mas quem foi que viu? – os últimos elefantes livres. O cercado dos meus pais ficava em Cyanika, à beira do rio Rukarara.

Não tenho outras lembranças do meu lugar de nascença, a não ser por meio das nostalgias da minha mãe que, em nosso exílio em Nyamata, sentia falta do trigo que a altitude permitia cultivar, e com o qual ela preparava mingaus. Ela nos contava dos problemas que tinha com os grandes macacos briguentos, que devastavam as plantações que ela cultivava com enxada. "Quando eu era pequena", nos dizia, "às vezes eu ficava no meio dos pastorzinhos que cuidavam das vacas nos arredores da floresta. E muitas vezes fomos atacados por macacos. Eles andavam em pé, como homens. Não suportavam o atrevimento dos meus companheiros. E os atacavam. Queriam mostrar que os macacos são mais fortes do que os homens".

Meu pai não era um aristocrata, dono de grandes rebanhos de vacas, como alguns imaginam serem os tutsis. Mas sabia ler e escrever, e aprendeu o suaíli, língua usada pela administração colonial. Ele também trabalhava como contador junto ao subchefe

Ruvebana. Mas, pau para toda obra, cuidava dos bens pessoais do seu patrão, e, quando necessário, ia para a prisão em seu lugar. Minha irmã mais velha, Alexia, nasceu enquanto ele cumpria pena pelo chefe. Isso lhe valeu o nome um pouco estranho de Ntabyerangode: "Ninguém-é-jamais-completamente-branco". No caso do meu pai, isso significava que a alegria pelo nascimento da filha tinha sido um pouco arruinada por seu encarceramento. Cosma, meu pai, às vezes também ia procurar ouro nas torrentes das montanhas, na fronteira com o Congo. Trazia lascas minúsculas dentro de caixas de fósforos. Essas pequenas pepitas jamais nos enriqueceram.

Em 1958, minha família acompanhou o subchefe Ruvebana, nomeado para a província de Butare. A subchefia ficava no extremo sul da província, sobre os cumes que dominavam o vale do Kanyaru, cujo curso determina a fronteira com o Burundi. Da nossa nova casa, em Magi, ao pé do monte Makwaza, sobre o rebordo abrupto do cume, descobria-se um horizonte imenso: o vale do Kanyaru e seus pântanos de papiros, e mais além, uma boa porção da província de Ngozi, no Burundi.

O monte Makwaza era o domínio de um grande chefe hutu, um *igihinza*. Ele era muito temido. Minha mãe descrevia-o como um gigante, sempre vestido com pele de leopardo. Quando o cume do monte se cobria de nuvens ameaçadoras, ela nos dizia: "Alguém deve ter irritado o *igihinza*, tenham juízo". Em nossos terrores infantis, parecia que a sombra imensa do *igihinza* escurecia, então, a encosta da montanha. Ninguém ousava se aventurar ao pé do monte Makwaza ao cair da noite, por medo de perturbar as vigílias do *igihinza*, cujo brilho do fogo acreditávamos perceber lá em cima, perto do cume.

Meus irmãos mais velhos, Antoine, André e Alexia frequentavam a escola. Minha mãe trabalhava nas plantações. Em casa, raramente víamos nosso pai; ele tinha um escritório, que ainda existe, em frente à residência do subchefe, mas o utilizava raramente, porque saía de bicicleta, cuidando de coisas que, para mim, eram profundamente misteriosas. A bicicleta, a única da região, dava ao meu pai um grande prestígio, reforçado pela caneta que sobressaía do bolso da camisa, símbolo incontestável da sua autoridade. Assim que percebiam sua silhueta pedalando pela estreita trilha do cume, as crianças da aldeia gritavam: "Lá vem o Cosma! Lá vem o Cosma!", e todas o seguiam em cortejo até a frente de casa. Minha mãe, ouvindo os gritos, punha para esquentar o caldeirão de feijões e bananas, sempre pronto para as chegadas inesperadas do meu pai. Ainda revejo esse caldeirão reservado para as suas refeições. Era alto, todo preto, mas com o interior brilhante, de ferro fundido bem grosso, o único utensílio de metal que possuíamos na cozinha. Tinha um nome: *isafuriya ndende*, a "grande panela". Mas meu pai contava que a tinha comprado de um mascate em Zanzibar.

Era um objeto muito precioso, tão precioso que minha mãe não quis abandoná-lo quando nos expulsaram de Magi. E o famoso caldeirão foi conosco para o exílio em Nyamata.

Sempre moramos numa choupana feita com uma argamassa de terra e palha, mas meu pai deu para construir, na concessão, uma casa de tijolos. Endividou-se por causa disso. Minha mãe esperava, apreensiva, a mudança para uma casa parecida, ou quase, com a dos brancos, um *urutare*, um "enorme rochedo", como ela dizia. Ela sempre sentiu falta da intimidade calorosa da grande cabana de plantas trançadas artisticamente, que conheceu na infância.

Eu passava os dias perto dos oleiros que tinham instalado seu acampamento no bosque de eucaliptos em frente à nossa casa. Eram os batwas, grupo mantido à parte pelo restante da população ruandesa. Os primeiros europeus lhes atribuíram, de forma completamente errada, o nome de pigmeus. Boniface, o patriarca da "tribo", acolhia-me como se eu fosse sua própria filha, e minha mãe, por sua vez, não encontrava nada a objetar ao fato de eu ir brincar com os filhos daqueles que a tradição considerava párias. Frequentemente, ela dava feijões e batatas-doces para as crianças e, em troca, os batwas lhe traziam seus vasilhames mais bonitos.

*

Os primeiros pogroms contra os tutsis estouraram em Toussaint, em 1959. A engrenagem do genocídio tinha sido acionada. Eles não parariam mais. Até a solução final, eles nunca parariam.

Os atos de violência contra os tutsis não pouparam, evidentemente, a província de Butare. Eu tinha três anos, e foi então que as primeiras imagens de terror ficaram gravadas na minha memória. Eu me lembro. Meus irmãos e minha irmã estavam na escola. Eu estava em casa com a minha mãe. De repente, vimos fumaça subindo de todos os lados, sobre as encostas do monte Makwaza, do vale do Rususa, onde morava Suzanne, mãe de Ruvebana que, para mim, era como minha avó. Depois escutamos os barulhos, os gritos, um rumor como um enxame de abelhas monstruosas, um bramido que invadia tudo. Esse barulho, eu ainda o escuto hoje, como uma ameaça vinda em minha direção, e às vezes, nas ruas da França, ouço-o ressoar; não ouso me virar, aperto o passo. Não é esse mesmo ruído que me persegue com frequência?

Imediatamente, minha mãe colocou-me sobre suas costas: "Rápido, temos que achar as crianças para que elas não peguem o caminho de casa".

Mas nesse momento surgiu um bando aos gritos, portando facões, lanças, arcos, bastões, tochas. Correndo, nos escondemos no bananal. Então, os homens, sempre aos gritos, precipitaram-se para dentro da nossa casa, incendiaram a choupana coberta de palha, os estábulos cheios de bezerros. Esvaziaram os celeiros de feijões, de sorgo, investiram contra a casa de tijolos onde jamais moraríamos. Não pilhavam, só queriam destruir, apagar todos os traços, nos aniquilar.

Quase conseguiram. Do cercado dos meus pais, em Magi, resta apenas uma grande figueira. Sobre um monte de escombros, apanhei um pedacinho de tijolo; quero crer que venha da nossa casa. Do bananal, uma velha saiu correndo em minha direção, resmungando: quem era essa desconhecida? Por que veio rondar perto da sua pobre cabana? Fiquei em silêncio, incapaz de fazer uma pergunta, enquanto ela continuava falando como que consigo mesma. Logo percebi que pronunciava o nome de Cosma. Cosma? Cosma, sim, ela se lembrava dele ou tinha ouvido falar. Mas no dia em que a casa foi destruída, ela não estava lá, estava doente, ou então, talvez estivesse se casando. Por que tocar nesse assunto? É tão antigo! Será que eu vim para expulsá-la de sua pobre casa?

Contemplo a grande figueira. Não, os assassinos não venceram. Meus dois filhos estão vivos. Eles viram a grande figueira que conserva a memória; como ela, eles se lembrarão.

Não sei como minha mãe recuperou Antoine, André e Alexia. Nós todos nos reencontramos no cercado do subchefe. As famílias tutsis que tinham escapado ao massacre e cujas casas tinham sido incendiadas procuraram refúgio ali, espontaneamente. Parece-me que meu pai tentou, mais ou menos, organizar a reunião. À noite, pegamos a estrada para a missão de Mugombwa. Segundo meu irmão André, a transferência foi organizada por paraquedistas belgas. "Para nos impressionar", ele conta, "um deles jogou uma granada em um cachorro, que foi destroçado". A partir daí os tutsis sabiam o que esperar.

Os refugiados foram instalados na igreja de Mugombwa, e nas salas de aula da missão. Ficaram ali por cerca de duas semanas. Na minha mente de criança, achei aquilo fantástico. Éramos muito numerosos. As mães faziam comida no pátio. Meus irmãos e minha irmã não iam mais à escola. Minha mãe não ia mais cuidar da plantação. As crianças brincavam o dia todo e comíamos o que jamais comíamos em casa: arroz! Era estranho, todo mundo dormia no chão, na mesma sala, até os pais! Eu não tinha mais medo!

Revi as instalações das escolas onde ficamos amontoados. Ao lado, em 1976, foi construída uma igreja bem mais ampla. Em abril de 1994, os tutsis refugiaram-se ali, ou foram empurrados para lá. Soube que o padre "Tiziano", como era chamado pelas pessoas de Mugombwa, um italiano, fechou as portas da igreja com cadeado e fugiu para o Burundi, afirmando que tudo ficaria bem. Hoje, a cobertura de telhas, crivada do impacto das balas e de fragmentos de granadas, foi substituída por uma audaciosa estrutura metálica. No domingo, a igreja fica lotada. Quantos assassinos entre a piedosa congregação? Os fiéis cantam com entusiasmo. Jesus tem bom coração, perdoa todos os pecadores, esquece tudo. À saída da missa, os jovens de um movimento católico erguem a bandeira branca e dourada do Vaticano com o monograma de Cristo. Entoam, com a mão sobre o coração, um cântico à glória de são Francisco Xavier. Quem teria o mau gosto de falar, ainda, dos "acontecimentos infelizes", como dizem aqueles que negam ter participado do genocídio e se recusam a pronunciar esta palavra? Perdoem-nos uns e outros, e continuemos como se nada tivesse acontecido.

*

Enquanto eu brincava em frente à escola, aconteciam coisas estranhas em uma das salas de aula. Os chefes de família, meu irmão me explicou, compareciam uns após outros perante uma espécie de júri composto por notáveis hutus. Eles decidiam quem poderia ficar e quem deveria ser expulso. Na verdade, todos os tutsis, cujas casas foram incendiadas, estavam destinados ao exílio. Talvez a intenção fosse assegurar que os hutus não tinham seguido os proscritos.

Numa manhã, antes do nascer do dia, fizeram-nos sair das salas de aula. O pátio estava cheio de caminhões. Eu nunca tinha visto tantos. Os motores estavam funcionando. Seus faróis acesos cegavam-nos. Gritavam: "Rápido, rápido! Subam nos caminhões". Não houve tempo para pegar os poucos pertences que tínhamos conseguido salvar. Minha mãe só conseguiu levar o famoso caldeirão preto de ferro fundido. Foi nossa única bagagem. Eu chorava. Tinha perdido minha leiteirazinha, da qual nunca me separava. Para não nos perder em meio ao tumulto, minha mãe nos tinha grudados junto a ela. Eu me agarrava à sua canga. Rápido, era preciso subir nos caminhões. Fomos amontoados ali como cabras, uns contra os outros. Era preciso partir imediatamente.

Os caminhões arrancaram. À beira da estrada havia uma multidão para assistir à passagem do comboio. As pessoas gritavam: "Olhe os tutsis indo embora", e cuspiam em nossa direção, brandindo seus facões.

No início, eu estava, acima de tudo, contente: uma viagem de carro não acontecia com muita frequência. Mas a viagem foi ficando cada vez mais penosa, não terminava, estávamos amontoados, os solavancos da estrada nos jogavam uns sobre os outros, lutávamos para não sufocar, tínhamos sede, não havia água. As crianças choravam. Quando passávamos por um rio ou um lago, os homens batiam no teto da cabine do chofer pedindo que ele parasse, mas os caminhões seguiam em frente. A noite caiu. Ninguém sabia aonde estávamos indo. Percebi desespero no olhar da minha mãe. Tive medo.

II
1960: EXILADA DO INTERIOR

Não sei quanto tempo durou a viagem. Bem mais tarde, soube que o comboio passou pelo Burundi: Ngozi, Kirundo. Por fim, os caminhões pararam no pátio de uma escola. O calor surpreendeu-nos. Vínhamos de Butare, das montanhas, onde é sempre fresco. Todos morriam de sede. As mulheres amamentavam as crianças desmamadas, para lhes dar algo de beber. Os homens saíram à procura de água. Estávamos, realmente, em um país desconhecido que não parecia Ruanda.

Não sei quando meus pais se deram conta de que tinham sido deportados para Nyamata, em Bugesera. Bugesera! O nome tinha algo de sinistro para todos os ruandeses. Era uma savana quase desabitada, moradia de grandes animais selvagens, infestada pela mosca tsé-tsé. Dizia-se que o rei exilava para lá os chefes caídos em desgraça.

Logo também percebemos que não éramos os primeiros tutsis a serem deslocados para Nyamata. Os do Norte, sobretudo de Ruhengeri, já estavam lá. Tinham sido instalados ao redor da própria aldeia de Nyamata, e ao norte da comuna, em direção ao vale do Nyabarongo, em Kanzenze, em Kibungo. Nós, vindos do Sul, chegamos por último. No nosso comboio, havia famílias das províncias de Gitarama, de Gikongoro, mas a maior parte era da província de Butare. Fomos amontoados, provisoriamente, nas classes vazias da escola primária. Aos poucos, as mulheres instalaram suas cozinhas no pátio, abrigos simples feitos de quatro estacas e uma cobertura de palha, os *ibikoni*. As crianças saíram para procurar as três grandes pedras que, segundo a tradição, constituem o lar. Não chovia. Era a estação seca, sem dúvida o verão de 1960. Lembro-me dos soldados. Eles também se alojaram no pátio da escola, nas barracas de chapa de metal. Ficavam ali sentados, o dia todo, sem nada para fazer, vigiando-nos, sem dúvida, com o fuzil entre as pernas. Achávamos que eram muito negros. Eram chamados de congoleses. Nós, crianças, não tínhamos medo deles. Eles nos davam biscoitos, sempre tinham biscoitos para nos dar. Passávamos o tempo sentados perto deles para que nos dessem biscoitos, os *ibisuguti*, mas eles não falavam nossa língua, não conversávamos. Eles nos davam biscoitos. Só isso.

Em frente à escola primária onde nos alojaram, na outra ponta do pátio em que as mulheres tinham instalado suas cozinhas, havia uma velha construção colonial com altos muros brancos. Era chamada de casa de Tripolo, talvez o apelido dado a um administrador belga. Era lá dentro que armazenávamos os víveres que nos distribuíam.

Numa noite, pouco depois da nossa chegada, enquanto as mulheres estavam ocupadas preparando a refeição, e minha mãe, em quem eu estava sempre agarrada, se esforçava para me afastar um pouco, com medo que eu me queimasse, vimos, sobre o grande muro branco da casa de Tripolo delinearem-se sombras gigantescas, e essas sombras falavam e tinham forma humana. Todo mundo ficou paralisado, fascinado com as imagens que pareciam viver sobre o muro branco e que pronunciavam palavras que entendíamos. Falavam em kirundi, mas nós entendíamos. Havia uma mãe e seu filho, e o filho dizia: "*Umutsima uratakaye ma* – Deixei cair a massa, mamãe". E a mãe respondia: "*Hora ndawucumbe ndaguha undi* – Não faz mal, vou fazer outra e te dou". Essa é a única cena que guardei do único filme que vi em Ruanda. Durante alguns dias, ao cair da noite, nós nos sentamos em frente ao grande muro branco, esperando a volta das imagens que se mexiam, mas o projecionista misterioso nunca mais se manifestou.

No início, os soldados distribuíam os mantimentos. Todas as manhãs, os refugiados faziam fila para receber seu *pocho*, sua "ração". Era tarefa dos homens. Mesmo as viúvas não iam até lá. Sempre encontravam uma boa alma para ir em seu lugar. Mas aquilo transcorria mal. Os militares davam golpes com o cabo do fuzil para fazer a fila avançar mais rápido. Havia confusão, gritos. Os tutsis tinham, acima de tudo, sua dignidade. Não podiam suportar as humilhações e desordens. Sendo assim, uma delegação de notáveis, e entre eles meu pai, conseguiu que os próprios refugiados fizessem a distribuição, e a partir daí tudo transcorreu tranquilamente.

Os alimentos distribuídos pareciam-nos bem estranhos. Havia um pó branco para ser diluído na água. E esse líquido, que não tinha nome, nos era dado para beber. Aquilo não poderia ser leite, não vinha da vaca e, além disso, como a tradição exige, não se bebe leite em recipientes de metal, e sim em copos talhados na madeira de certas árvores e que são objeto de grande respeito. Os adultos, indignados, recusaram-se a bebê-lo, mas como as crianças morriam de fome, as mães beberam e depois deram o leite em pó para seus filhos.

Depois, havia os tomates. É claro que conhecíamos os tomates, os tomatinhos do tamanho de cerejas, que serviam para se fazer molho e cozinhar bananas. Mas os que nos davam eram grandes, não sabíamos o que fazer com eles. Meus pais recusavam-se a comê-los crus, mas como não havia outra coisa, as crianças eram obrigadas a comê-los. Foi aos prantos que comi meus primeiros tomates.

*

Os desterrados de Nyamata esperavam poder voltar para casa depois que as coisas se acalmassem. As famílias haviam deixado as salas de aula e construído barracas no pátio e em torno da escola toda. Na savana não havia falta de plantas, mas tudo aquilo deveria ser provisório, não era o caso de se instalar. Deveríamos voltar logo para casa, para Ruanda, porque, para todos nós, Nyamata não era Ruanda.

Numa manhã cedo, os caminhões voltaram. Fomos reunidos no pátio da escola. Todos pensaram: "Enfim eles vieram nos buscar; desta vez, o exílio acabou. Vamos voltar pra casa". Foi feita a chamada. Aquilo só dizia respeito a algumas famílias hutus que tinham sido levadas por engano. Elas voltaram a Ruanda, como dizíamos. Entre elas estava a de Yosefu, cuja mulher, Nyirabasesa, era hutu. Nyirabasesa e minha mãe eram amigas; adoravam trocar ideias para saber como usar a farinha amarela e outros produtos desconhecidos que eram distribuídos. Eu brincava com seus filhos. Comíamos juntos. Eles partiram em caminhões quase vazios.

O desespero tomou conta de todos que ficaram. Eles entenderam: jamais voltariam a suas casas. Por serem tutsis, estavam condenados a viver como párias, pestilentos, em uma reserva da qual não poderiam escapar. Contudo, esse desespero foi o cimento de uma solidariedade bem mais forte do que jamais fora estabelecida por uma suposta consciência étnica. As cabanas, das quais falei, foram construídas por toda comunidade segundo as prioridades. Como minha mãe estava grávida, minha família foi uma das primeiras a deixar a sala de aula. Cavamos as latrinas, organizamos a labuta da água. Os conselheiros incumbiram Rugereka, filho de Kagango, o escultor, de ficar de guarda em frente à fonte de Rwakibirizi. Rugereka era bem jovem, e se sobressaía pelo penteado que todos os outros rapazes imitavam, até meu irmão Antoine. Não sei se foi graças a seus belos cabelos que ele impôs sua autoridade, mas de qualquer forma, cada um, docilmente, esperava sua vez para encher os vários recipientes que nos haviam sido dados no momento de nossa chegada.

Nós, as crianças, e éramos muitas, vagávamos feito almas penadas à procura de uma área para brincar. O pátio da escola estava ocupado pelas cabanas das famílias e pelo acampamento dos militares. Não havia espaço para os jogos com bola e bolinhas que os meninos faziam com sacos de farinha ou de leite em pó. Também não havia espaço para o jogo de amarelinha das meninas. Assim, aventurávamo-nos pela *brousse*, onde era tentador experimentar os frutos desconhecidos que as moitas pareciam nos oferecer. "Não toquem principalmente nisso", nossos pais não se cansavam de recomendar, "é veneno!" Olhávamos com cobiça os arbustos de frutos proibidos, sem ousar tocar neles.

Também existia a preocupação de se abrir uma escola. Não adiantava contar com as autoridades, mas os professores que havia entre os desterrados receberam a ajuda de missionários e instalaram suas classes debaixo das árvores. Até conseguiram organizar o exame nacional que dá acesso ao secundário. Meu irmão André foi aceito. Partiu para o colégio de Zaza, a leste do país, perto da fronteira da atual Tanzânia. Apesar da minha oposição feroz, meu pai colocou-me na escola. Achei uma vantagem nisso: ao meio-dia, recebíamos o arroz fornecido pela missão. Quem fazia a comida nos caldeirões era Rutabana, arroz ao leite generosamente salgado. Para ficar claro, o arroz pegava no fundo e tinha gosto de queimado. Mas, para mim, o arroz de Rutabana era o melhor, bem melhor do que o raramente fornecido na cesta básica, e que minha mãe preparava.

Aliás, foi por causa desse arroz que meu pai me colocou na escola, apesar da minha pouca idade. As autoridades e os padres pressionavam para que nós nos instalássemos nas aldeias que, segundo eles, nos eram destinadas. Todo mundo recusava-se a sair dali. Deixar nosso acampamento improvisado era aceitar nossa má sorte, renunciar à volta para Ruanda, para a nossa casa, e isso os desterrados não queriam por preço nenhum. No entanto, foi preciso se resignar a isso quando, para nos obrigar a partir, suprimiram as rações cotidianas, que eram os únicos alimentos de que dispúnhamos. Apenas as crianças das escolas continuavam a se beneficiar do arroz da missão. Com a morte na alma, cada família recebeu um facão para roçar, uma enxada para plantar e algumas sementes, e se viu destinada a uma dessas aldeias que, nos garantiam, estavam à nossa espera na *brousse*. A que nos foi designada chamava-se Gitwe.

III
EM BUGESERA: SOBREVIVENDO NA *BROUSSE*

Gitwe era, atravessando a *brousse*, uma estrada toda reta que não levava a lugar nenhum. De cada lado dessa longa faixa de terra vermelha, nos espaços grosseiramente desbastados, mas reocupados, em grande parte, pelos espinheiros, foram construídos pequenos hangares, com teto de tecido apoiado em pilares de madeira, sem paredes, nem divisórias. Por que tinham sido construídos esses abrigos? Sempre me perguntei. Foram feitos para nos acolher, ou se tratavam, sobretudo, de um desses projetos de "campesinato", tão caros à administração colonial? Eu tenderia a essa última hipótese. Sem dúvida, o projeto fora abandonado por causa das dificuldades encontradas, ou por falta de imigrantes voluntários. Os tútsis, deslocados à força, ofereciam uma população disponível, cobaias designadas sem que fosse preciso obter seu consentimento.

As famílias desembarcadas como tantos náufragos no meio da savana deviam, então, levantar as paredes da casa, carpir a *brousse* espessa a fim de semear um pequeno lote de terra, e se virar para se alimentar, enquanto se esperava a primeira colheita. Na tradição ruandesa, todos esses trabalhos só são feitos com a cooperação de toda a vizinhança. O que recebe ajuda distribui generosos jarros de cerveja de sorgo em retribuição, e os trabalhos penosos terminam com danças e cantos.

Mas em Gitwe ninguém tinha ânimo para fabricar cerveja, nem meios para isso, e cada um se resignou a só contar consigo mesmo para tentar sobreviver. Para todos, entretanto, Gitwe não podia ir além de um acampamento provisório; mais dia, menos dia, voltaríamos à nossa casa, a Ruanda.

Dividimos as tarefas no interior de cada família. Os homens – no nosso caso meu pai e meu irmão mais velho, Antoine – trataram de tornar a casa habitável e de carpir a área que nos deixavam cultivar. As mulheres deveriam, no aguardo de uma colheita hipotética, se virar para encontrar com o que alimentar a família.

Logo pareceu que o único modo de conseguir um pouco de comida era ir trabalhar para os moradores da região, os bageseras. Enquanto Alexia ficava em casa ocupada com os serviços domésticos, minha mãe saía todas as manhãs, já nas primeiras luzes do dia, com minha irmãzinha Julienne às costas e eu seguindo atrás, agarrada à sua canga. Era uma região vazia, as moradias dispersas e, como não conhecíamos o lugar, no começo não sabíamos para onde nos dirigir. De início subíamos num lugar mais alto para localizar uma fumaça que assinalasse a presença de um cercado. Depois, atravessávamos a savana, espreitando os ruídos da *brousse*. Prendíamos a respiração. O que nos dava medo não eram tanto os elefantes ou os leopardos, eram os búfalos. "O búfalo", dizia minha mãe, "nunca avisa, ataca".

Os bageseras eram acolhedores, mas pobres. Muitos estavam abatidos pela doença do sono. Eram poucos os que tinham algo para dar. Os que aceitavam nos contratar davam-nos algumas batatas-doces por um dia de trabalho. Para conseguir um cachinho de bananas era preciso trabalhar dois dias nos campos, sem receber nada. Mas sobrevivíamos ao dia a dia, e minha mãe não podia se arriscar a voltar de mãos vazias. Assim, o mais comum era ela se contentar com as batatas-doces.

Eu me lembro que íamos com muita frequência trabalhar para uma família que se mostrava particularmente hospitaleira. A mãe chamava-se Kabihogo. Esqueci o nome do pai. Eles tinham apenas uma filha, mais ou menos da minha idade, por isso não recusaram a ajuda que viemos lhes propor. Enquanto minha mãe trabalhava nas plantações, eu varria o quintal. A menininha queria brincar comigo. Aquilo me dava certo descanso. Às vezes eu chegava a ter o direito de comer com ela. À noite, voltávamos com um cestinho de batatas-doces. Kabihogo, que se afeiçoou a mim, muitas vezes separava algumas para eu comer, e eu as envolvia com cuidado na palha, as *gahungezi*, as melhores, com a casca toda vermelha, mas a carne bem branca. Quando eu chegava em casa, ficava orgulhosa de mostrar a meu irmão

Antoine e a minhas irmãs tudo o que tinha ganhado em um dia.

Como já disse, Bugesera era uma região desassistida. As escolas eram raras e, apesar da presença de uma missão em Nyamata, a religião cristã mal havia sido implantada, enquanto que os cultos tradicionais ainda eram amplamente praticados. Minha mãe, criada por religiosas no horror daquilo que elas chamavam de "superstições pagãs", viu-se numa bela manhã confrontada com uma delas.

Como éramos recompensadas em função da tarefa cumprida, chegávamos o mais cedo possível na casa de quem nos dava trabalho. Certa manhã, em uma propriedade a que estávamos acostumadas a ir, a dos Sakagabo, ninguém respondeu ao chamado que, como exige a educação, fazíamos antes de entrar no pátio principal. Estava tudo silencioso e ficamos em dúvida sobre o que teria acontecido com os moradores quando, de repente, ouvimos um forte barulho no bananal. De lá surgiu um bando de homens e mulheres completamente nus, o rosto coberto de terra branca. Só consegui reconhecer sob as máscaras assustadoras a família em cuja casa costumávamos trabalhar. Mas eram eles mesmos, o pai, a mãe, os filhos e outras pessoas que eu não conhecia, talvez alguns vizinhos. Minha mãe logo fez o sinal da cruz, pegou-me pela mão e saímos correndo. Sem olhar para trás, atravessamos a *brousse*. Minha mãe não dizia nada, corria feito louca. Chegando em casa, o tempo todo invocando a Virgem Maria, lavou-me com todas as plantas medicinais que conseguiu colher. Era preciso nos purificar, purificar tudo que pudesse ter entrado em contato com aquelas pessoas que celebravam o Kubandwa, que eram imandwas, possuídos pelos espíritos malignos cujo chefe era o próprio diabo, Ryangombe! Ela tinha certeza que aquilo nos traria desgraça, que tudo o que tínhamos comido vindo da casa deles era alimento do demônio. Aos cinco anos, eu olhava, sem entender, minha mãe tremer de pavor diante de crenças que haviam sido dos seus pais.

Os homens tiveram grandes dificuldades para desmatar e, sobretudo, desenraizar as plantas do terreno, com os espinheiros resistindo com tenacidade aos facões, única ferramenta distribuída. Para se proteger dos espinhos, haviam fabricado uma espécie de sandália grossa, com os pneus velhos recuperados na missão. Desde que conseguiu um pedaço de terreno limpo, meu pai semeou a esmo todos os grãos que lhe haviam fornecido em Nyamata. A terra, que nunca fora cultivada, de início revelou-se muito fértil; logo vimos surgirem as cenouras, e também as alfaces e os rabanetes, que arrancamos sem demora, achando que seria uma praga. As cenouras eram particularmente abundantes. Meu pai grelhava-as em uma grande fogueira no meio do campo, e nos obrigava a comê-las, apesar da nossa resistência a um legume desconhecido. Ele mesmo, conservando sua dignidade, recusava-se a tocar nelas.

Minha mãe esperava com impaciência a "verdadeira" colheita, a do sorgo. Então, colhíamos apenas as espigas, que eram secadas e depois batidas com uma grande espátula, o *umwuko*, usado para soltar os grãos peneirados, e depois esmagados na pedra de moagem. Com a farinha, minha mãe preparava toda noite a massa de sorgo. Para ela, esse era o único alimento que realmente enchia a barriga. Eu detestava a massa de sorgo; por isso, ia me sentar na penumbra, longe do fogo, e jogava discretamente pelos buracos e fendas da parede de terra batida as bolinhas de sorgo. No dia seguinte, elas eram achadas junto à parede. Não era difícil descobrir o culpado.

Dorme-se mal quando a barriga está vazia. Eu passava grande parte da noite gemendo e acordando a minha mãe; tinha medo de morrer de fome. Também é verdade que, nos primeiros tempos de nossa acomodação em Gitwe, nossas camas improvisadas não facilitavam um sono tranquilo. Não tínhamos tido tempo, nem meios de trançar as esteiras que, em Ruanda, constituem as camas. Deitávamo-nos diretamente na palha, que logo ficou infestada de percevejos e pulgas. Por mais que trocássemos a palha, os parasitas continuavam lá. Às vezes também sofríamos o ataque de uma colônia de formigas atraídas por uma migalha de alimento. Era com alívio que eu ouvia os passos de minha mãe, avisando que os medos e sofrimentos da noite logo teriam fim.

*

Para os refugiados de Gitwe, uma das maiores dificuldades era encontrar água. Se Ruanda, país de grande altitude, chegando próximo aos dois mil metros, recebe chuvas abundantes, o mesmo não acontece em Bugesera. Como dizem os manuais de geografia, é uma savana seca, de altitude média (duzentos a trezentos metros). Ali, as chuvas são raras e mais raros ainda os pontos de água. A fonte principal acha-se perto de Nyamata, e a chamamos de Rwakibirizi. As tradições dizem que ela jorrou sob a lança de Ruganzu Ndori, um dos heróis fundadores de Ruanda, para saciar seus cachorros que morriam de sede. Mas Rwakibirizi ficava longe de Gitwe. Era preciso um dia todo para ir até lá.

Meu irmão Antoine era quem ia até Rwakibirizi. Ele trazia água para dois dias nas bilhas conseguidas com os batwas em troca de algumas batatas-doces, à espera das cabaças que logo conseguiríamos com as abóboras que tínhamos plantado. Também nos esforçávamos para recolher a água das raras chuvas. Para isso, havíamos instalado goteiras com as pontas das chapas de metal recuperadas na aldeia de Nyamata. Além disso, saíamos procurando poças d'água que persistiam nos fundos do vale ou nas fendas dos rochedos, as *ibinambas*. Mas elas logo se esgotavam. Mais perto de Gitwe havia uma fonte que fornecia apenas um mísero filete d'água. Encher uma cabaça exigia muito tempo. Por isso sempre havia ali alguém recolhendo água e outros que esperavam sua vez. Antoine preferia ir até lá no meio da noite, para não perder tempo durante o dia, e com a esperança de não encontrar ninguém. Minha mãe queria que eu o acompanhasse. Ela tinha medo que ele adormecesse de exaustão e fosse devorado por algum animal selvagem. Eu ficava grudada nele, recusando-me a escutar os farfalhares, os gritos, as galopadas que vinham da *brousse*.

Em Gitwe, talvez mais ainda que no restante de Bugesera, estávamos instalados no domínio dos grandes animais. Enquanto os leões e os búfalos cederam-nos rapidamente o lugar, os elefantes apreciaram o bananal desde que foi plantado, e se regalavam com as bananas a noite toda. Quanto aos leopardos, rodeavam sempre as moradias, eram como gatos, cada família tinha o seu. À noite, eles adentravam as casas. De nossa cama em comum, Julienne e eu escutávamos um leopardo fazendo vibrar a chapa que servia de porta. Sabíamos que estava ali; escutávamos as roçadelas que anunciavam sua presença. Meu pai tinha feito umas repartições para separar os filhos do quarto dos pais. Dormíamos na peça comum, onde havia fogo, onde se preparava a comida, onde nos reuníamos para o serão. Antes de nos deitarmos, deixávamos algumas brasas sob as cinzas e, na manhã seguinte, amontoávamos um pouco de lenha grossa em cima, para reavivar o fogo. De repente, escutávamos o montão de lenha desmoronando, e pelos buracos da esteira que nos servia de lençol, olhávamos jorrar as faíscas e, entre elas, os olhos do leopardo que nos gelava de terror. Julienne e eu não nos mexíamos. Mamãe tinha dito que o principal era não se mexer. "Se vocês se mexerem", ela dizia, "ele vai achar que vocês não têm respeito por ele".

Nós duas ficávamos imóveis debaixo da esteira, esperando o nascer do dia para ter certeza de que nosso leopardo tinha realmente ido embora, e todo final de dia, ao cair da noite, esperávamos sua visita, tremendo.

Os bageseras eram, com certeza, grandes caçadores. Ouvíamos com frequência o som de suas trompas de caça, grandes chifres de antílope – *ihembe* – que anunciava a caçada. Com seus arcos e lanças, eles caçavam até elefantes solitários que devastavam suas plantações, mas não os comiam. As grandes carcaças que apodreciam na *brousse* eram presas das hienas e dos abutres. Quando íamos lavrar seus campos, os bageseras nos diziam: "Cuidado, têm *ubushya*!". Logo compreendemos o que eram as *ubushyas*: armadilhas, valas grandes que eles cavavam ao redor dos seus campos, para protegê-los. Eram recobertas de mato; os animais caíam lá dentro. Nós também cavamos *ubushyas*, lá onde percebemos que os animais passavam com mais frequência, e assim pudemos conseguir carne. Todo mundo aceitava comer antílope ou gazela, parecida com carne de vaca, mas os homens recusavam-se firmemente a tocar no javali.

Quando nos instalamos em Gitwe, não havia escola. Depois, passados alguns meses, os refugiados conseguiram organizar uma classe. A missão aceitou, novamente, fornecer o arroz. Rutubana retomou o serviço atrás dos seus caldeirões. Recuperei o arroz de que tanto gostava e, desta vez, estava mesmo na idade de ir à escola.

A classe era instalada debaixo de grandes árvores que chamávamos de *Iminazi*. Elas davam frutos bonitos como os damascos, que caíam em cima da gente. Nós os comíamos, enquanto Bukuba, a professora, dava aula.

Entre os alunos, havia alguns bageseras, e eles nos ensinaram muitas coisas. Fizeram com que os pequenos refugiados descobrissem todas as riquezas da savana. E a *brousse* era rica em frutos de todos os tipos! Havia os *imisagaras*, que pareciam grãos de sorgo. Eram um pouco amargos, mas fáceis de colher, mesmo para os menorzinhos. Os *iminyonzas* também estavam ao alcance de todos, mas era preciso prestar atenção nos espinhos. Com os *amasarazis* e os *amabungos*, era mais difícil. Era preciso subir nas árvores. A colheita era feita em equipe. Uns subiam na árvore, os outros ficavam embaixo para catar os frutos, espantar os macacos ladrões ou algum grupo concorrente. Eu não queria subir nas árvores. Quem trepava até em cima era minha colega Candida, um verdadeiro moleque. Gostávamos especialmente dos *amabungos*, um cipó que se agarrava ao longo das grandes árvores. Só encontrávamos esses frutos nos lugares onde a *brousse* era bem fechada, longe das moradias, nos lugares mais altos, em Gisunzu. Isso exigia uma verdadeira expedição e era preciso escolher: ir à escola ou colher *amabungos*. Muitas vezes preferíamos os *amabungos*.

Para sermos perdoadas, eu e Candida levávamos *amabungos* para toda família. Nossas colheitas eram esperadas em casa como se fossem guloseimas raras. Só meu pai não se decidia a experimentar as delícias silvestres da *brousse*.

*

Quando nossa sobrevivência ficou mais ou menos garantida, começamos a pensar em conseguir um pouco de dinheiro. Tínhamos que comprar sal, tecido para nos vestir. As poucas cangas que usávamos desde Magi estavam em trapos. Precisávamos de dinheiro, sobretudo, para pagar as despesas escolares de Alexia e André.

Meu pai procurou trabalho. Sabia lidar com contabilidade. Era um homem valoroso. Foi contratado em um dispensário em Ngenda. Era longe. Só o víamos aos domingos. Meu pai era muito corajoso. Perante as provações que se abateram sobre nós, nunca se entregou. Não apenas trabalhava em Ngenda, como não hesitava em ir a pé até Kigali, se entrevia a possibilidade de conseguir alguns recursos para pagar os estudos de Alexia e André. Passava dias nas estradas, sem comer, e às vezes noites sem dormir, porque aproveitava a frescura noturna para cumprir a maior parte do trajeto. Acabou contraindo tuberculose, e ficou longos meses hospitalizado no sanatório de Gishari. No entanto, jamais desistiu do seu único objetivo: permitir que seus filhos estudassem.

Minha mãe, sempre habilidosa, pôs-se a cultivar amendoim no terreno que ia da estrada à casa. Eu os vendia no mercado de Nyamata. Ela deu a Alexia e a mim um pequeno canto do terreno para plantar. Infelizmente, nossos canteiros logo nos foram tirados. A "civilização" nos alcançava até o fundo da nossa *brousse*. Exigiram (eu não saberia dizer quem) de cada família que fosse plantado café. Pelo que parecia, não havia sido abandonado o velho projeto colonial de campesinato. Havia certo número de pés obrigatórios por família, e eles deveriam ser plantados ao longo da estrada, em frente à casa, para facilitar o controle dos cultivos e o recolhimento das futuras colheitas. Foi preciso arrancar nossas plantações e, ainda mais grave, boa parte das bananeiras que começavam a produzir. Era preciso buscar os cafeeiros em Rwakibirizi, a mais de dez quilômetros de Gitwe.

A cultura do café exige muitos cuidados, e não tínhamos mais muito tempo para cuidar das nossas plantações. Para as crianças, a escola deixou de ser uma prioridade. Antes de tudo, era preciso trocar a manta sob os cafeeiros. Quando os pais estavam de costas, aproveitávamos para nos esticar por alguns instantes no tapete de ervas finas, bem mais suave do que nossas camas. Mas a recreação não durava muito tempo. Estávamos sob a supervisão dos agrônomos que nos iniciavam nesse cultivo. Vinham do Instituto Agronômico de Karama. Nós, que vivíamos descalços, ficávamos fascinados com o brilho negro de suas botas.

IV
1961-1964: A EXCLUSÃO "DEMOCRÁTICA"

Em 1º de julho de 1962, Ruanda tornou-se oficialmente independente. Com a ajuda dos belgas e da Igreja Católica, o MDR-Parmehutu pôde estabelecer o que um relatório da ONU designou, a partir de março de 1961, "a ditadura racial de um único partido". Milhares de tutsis foram massacrados, mais de cento e cinquenta mil fugiram para os países vizinhos e os que restaram em Ruanda foram reduzidos a párias. Em Nyamata, os refugiados do interior foram destinados aos benefícios da *demokarasi* étnica.

Meu pai referia-se com amargura à chegada dessa democracia. Os livros de história situam-na em 25 de setembro de 1961, dia das eleições legislativas. Em Nyamata, não se pouparam esforços para a democracia. Foram construídas pequenas cabanas de palha para servirem de cabine de votação; à frente, em céu aberto, havia uma grande mesa e uma caixa. As crianças brincavam em volta das cabaninhas, muito animadas com essas novidades. Meu pai, juntamente com outros refugiados que o convenceram a votar, apresentou-se perante a grande mesa que funcionava como posto de votação. Ali estavam dispostas, bem à vista, pilhas de cédulas de diferentes partidos, mas de cada lado da mesa estavam Mbarubukeye, o conselheiro comunal, e seus capangas, que vigiavam as operações com ar ameaçador. Sentado à mesa estava Bwanakumi, outro conselheiro. Bwanakumi entregava a cada um uma cédula e um envelope, e pacientemente olhava o eleitor colocar a cédula no envelope e o envelope na caixa que servia de urna, sob os olhares e os bastões cada vez mais ameaçadores de Mbarubukeye e seu bando. "Foi assim", dizia meu pai, "que nós votamos em Kayibanda, eu e todos os refugiados tutsis de Nyamata, votamos no homem que tinha jurado nos aniquilar".

Se os refugiados se esforçavam para acreditar que acabariam voltando a suas casas (e faziam pouco dos que tinham reservas ou aumentavam seu lote), o desespero frequentemente abatia-se sobre eles e corriam rumores sinistros sobre o destino que nos aguardava. Falava-se nos *rwabayangas*, buracos sem fundo, três fendas muito profundas na fronteira com o Burundi. Era lá que os tutsis deviam ser jogados desde sua chegada, em 1960. Ignorávamos, porque aquilo não tinha acontecido. Quem primeiro falou sobre isso foram os bageseras. Depois, Froduald, um amigo do meu irmão Antoine, os havia visto. Ele trabalhava no serviço de erradicação da mosca tsé-tsé, e percorria a região até Kirundo, no Burundi. Ele também tinha descoberto as fendas, mas dizia rindo: "lá dentro têm muito mais carcaças de elefantes do que cadáveres de tutsis". As conversas sobre os *rwabayangas*, no entanto, continuavam, e assim que alguém desaparecia, o que era frequente, diziam que tinha sido jogado nos *rwabayangas*.

*

No final de 1963, correu um rumor entre os refugiados de Nyamata: o rei Kigeri iria voltar, trazendo de volta os desterrados para suas casas. Em Gitwe, o rumor originou-se da casa de nosso vizinho, Sebeza. Seu filho mais velho, Kazubwenge, tinha partido para o Burundi, mas seus pais receberam a notícia de que logo ele estaria de volta. E não voltaria só. Chegaria na companhia do rei, que viria procurar os infelizes desterrados de Nyamata para reconduzi-los às suas casas.

Todos começaram a preparar fervorosamente a chegada do rei e, em seguida, nossa volta a Ruanda. Os homens fabricaram grandes arcos em honra do esperado soberano. Não eram armas de guerra, e ninguém tinha a intenção de usá-las. Eram simplesmente para mostrar ao rei que eles lhe tinham permanecido fiéis, continuavam sendo seus homens, seus *ingabos*, seus guerreiros. Meu pai fez um arco enorme, o maior da aldeia. Foi pendurado acima da lareira, mas não muito à vista, envolvido por uma rede fina chamada *ikirago*, porque, no fundo, não se tinha muita certeza de que o rei realmente viria nos tirar de lá. As mulheres confeccionaram *urugoris*, coroas de casca de sorgo, que as mães usam como símbolo de fecundidade e perenidade da família. Escolheram cascas bem grandes, que, ao secar, adquiriam uma linda cor dourada, e gravaram embaixo, com uma ponta incandescente: *Viva Kigeri!* É lógico que tudo isso era feito às escondidas, mas na maior animação.

Então, um belo dia – a julgar pelas histórias, deve ter sido perto do Natal –, todo mundo saiu de casa bem antes do amanhecer. Todos estavam vestidos da melhor maneira possível, como se fossem à missa. As mães tinham raspado a cabeça de seus filhos com todo cuidado, deixando apenas um belo tufo bem redondo de cabelos, o *igisage*, na parte da frente do crânio. Ninguém foi para sua plantação. Os homens ficaram no meio da estrada, com ar grave, tomando a palavra alternadamente. As mulheres foram se sentar no cupinzeiro, que lhes servia de lugar de encontro. Nós, as crianças, dançávamos em volta, sem saber bem por que dançávamos, mas dançávamos. Parece-me que o sol nasceu mais cedo do que de costume. Era o grande dia, o tão esperado dia da nossa libertação.

As horas escoaram-se lentamente. A manhã passou. As mulheres foram dar de comer às crianças. Nada acontecia. Vigiávamos os ruídos. Os homens calaram-se. Por fim, ao longe, ouviu-se um alarido, que foi aumentando aos poucos. Um barulho que não nos agradou. Não eram os clamores, os aplausos esperados. E, de repente, surgiram pontos negros no céu, pontos negros que avançaram sobre nós. Tínhamos ouvido falar nos helicópteros, mas nunca os tínhamos visto: os *ngombabishires*, os exterminadores! Naquele momento, eles avançavam sobre nós. Com imenso terror, todos fugiram; uns, os mais rápidos, esconderam-se na *brousse*; outros, menos rápidos ou mais apavorados, sobretudo as crianças, enfiaram-se debaixo da espessa manta de palha que revestia os pés dos pequenos cafeeiros, mas os helicópteros, que passavam e repassavam dando rasantes, levantavam a palha e descobriam os que ainda tentavam se esconder sob o que restava das plantas.

Não sei como fui parar no fim do campo, eu e minha irmãzinha Julienne, debaixo de um arbusto. Os helicópteros passavam e repassavam sobre as casas. Meus pais e meu irmão mais velho sumiram. Nunca soube onde eles se esconderam, talvez na colina de Rebero, onde, cerca de trinta anos depois, os habitantes de Gitwe e de Gitagata, os últimos sobreviventes, resistiram até o fim aos ataques dos assassinos que pretendiam terminar sua "tarefa".

Os helicópteros afastaram-se, mas logo vimos chegar uma longa fila de caminhões cheios de militares. Eles atiravam para todo lado, lançavam granadas. Depois, saltaram dos caminhões, revistaram as bananeiras, saquearam as casas, mas aparentemente não ousaram aventurar-se na *brousse*, onde estávamos escondidas. Ao cair da noite, subiram de volta nos caminhões e partiram.

Minha irmãzinha e eu passamos a noite toda escondidas na nossa mata. A fome era uma tortura. Rastejamos até a extremidade do campo para desenterrar algumas batatas-doces, que comemos cruas; depois, com o coração aos pulos, voltamos a nos esconder debaixo do nosso arbusto. Tudo estava estranhamente silencioso. Dava para dizer que até os animais tinham se calado. Pouco antes do amanhecer, vimos Kazubwenge, o filho do vizinho, voltar para sua casa, com ar desnorteado, esgotado, as roupas em farrapos. Estava com outros jovens que eu não conhecia, três ou quatro, armados apenas com arcos. Rondaram as casas, depois partiram na penumbra do raiar do dia. Parece que os ouvi dizer: "Tudo está perdido, tudo acabou". Já não sei se realmente os ouvi dizendo isso.

*

Nos dias seguintes, os refugiados foram, aos poucos, voltando para suas casas. Os homens apressaram-se a quebrar seus belos arcos, e as mulheres rasgaram as coroas de casca de sorgo.

Fizeram isso com a morte na alma, sabendo o quanto esses gestos traziam má sorte. E, de fato, os soldados voltaram, patrulharam por toda parte, nas casas, na *brousse*. Não tinham mais medo. Estavam confiantes. Tinham o capacete bem enfiado na cabeça. E nos olhos, parecia-nos ler uma raiva implacável. Eles nos chamavam de *inyenzis*, as baratas. A partir de então, em Nyamata, seríamos todos baratas. Eu era uma *inyenzi*.

Os militares detiveram muita gente, primeiramente os professores e os comerciantes que haviam aberto negócio no pequeno centro de Nyamata. Entre eles, estavam Bwankoko, cuja filha, Marie, era da minha classe, e Ruboneka, cuja esposa, Scholastique, era muito gentil; quando o professor nos mandava de volta da escola por achar que nossa cabeça estava mal raspada, corríamos à casa de Scholastique, que estava sempre disposta a ser nossa cabeleireira. Bwankoko, Ruboneka e muitos outros foram levados à prisão de Ruhengeri, e nunca mais voltaram.

Havia um comerciante que, assim como os outros, tinha uma loja em Nyamata, mas morava em Gitwe. Chamava-se Tito, e era de Butare. Os militares vieram prendê-lo. Por detrás das nossas portas de chapa de metal, escutamos o barulho das botas, o tumulto dos bastões que derrubavam a porta de Tito. Escutamos o choro de Felicita, sua esposa, os gritos de suas crianças. Aqueles que se arriscaram a sair disseram que os soldados revistaram e saquearam a casa como fizeram com os outros, mas que ele, Tito, foi levado até o caminhão. Então, seu filho, Apollinaire, que devia ter quatro anos, correu e se agarrou ao pai. Felicita gritava para que ele o largasse e viesse para junto dela. Apollinaire não queria escutar nada, apertava com seus bracinhos as pernas do pai. Então, o militar disse e toda a aldeia escutou: "Bom, já que ele quer ir com o pai, leve-o também. Afinal de contas, é um filho de *inyenzi*, uma pequena serpente, uma pequena barata". Os soldados jogaram Tito e seu filho no caminhão, e nunca mais os vimos.

A aventura suicida de uma centena de refugiados mal-armados, vindos do Burundi, tornou possível ao governo de Grégoire Kayibanda exercer uma repressão feroz sobre os tutsis que permaneceram no país. Os meses de janeiro e fevereiro de 1964 viram uma verdadeira antecipação do genocídio de 1994. Eles foram particularmente sangrentos na província de Gikongoro. Meus pais, às vezes, falavam dos membros da família que permaneceram em Cyanika, e que eles nunca mais viram. O rio Rukarara, disseram à minha mãe, estava vermelho de sangue. Um dia, vimos chegar Karozeti, um menininho de cinco ou seis anos. Era sobrinho de Bukuba, o professor da escola. Vinha de Gikongoro. Toda sua família tinha sido massacrada. Ele era o único sobrevivente. Ninguém soube como ele chegou a Nyamata. Naquela época, ainda não se falava de crianças desacompanhadas.

Bertrand Russell estava absolutamente só quando denunciou "o massacre mais horrível e mais sistemático desde o extermínio dos judeus pelos nazistas". A hierarquia católica, a antiga autoridade mandatária, as instâncias internacionais não encontraram nada para declarar a respeito, a não ser denunciar o terrorismo dos *inyenzis*.

Centenas de milhares de tutsis pegaram o caminho do exílio. Em Nyamata, numerosas foram as famílias que partiram para o Burundi. Não era difícil, a fronteira ficava bem próxima, e a *brousse* densa e desabitada permitia uma fuga discreta. Mas logo o campo militar de Gako foi consideravelmente reforçado. Os desterrados de Nyamata ficaram, a partir daí, sob forte vigilância. Talvez os militares estivessem lá para impedir uma fuga maciça, ou para repelir incursões hipotéticas. Estavam lá, sobretudo, para impor a todos os refugiados o terror cotidiano.

V
GITAGATA: AS PLANTAÇÕES, A ESCOLA, A PARÓQUIA

Como acabei de dizer, foram inúmeros os desterrados de Nyamata que fugiram para o Burundi. Muitos lotes ficaram sem ocupantes. Foi então que meu pai decidiu que devíamos nos mudar. Depois de algumas boas colheitas, a terra de Gitwe, logo esgotada, revelou-se pouco fértil. Diziam que nos arredores do lago Cyohoha, o lago Cyohoha Norte, as pessoas conseguiam colheitas melhores. Foi assim que, seguindo pela pista, partimos para Gitagata. Instalamo-nos em uma casa abandonada, pertencente a Mbayiha, homem jovem e vigoroso que tinha conseguido desbravar um grande lote. Meu pai afirmou que ela serviria para a família. Fincou seu bastão. Em Gitagata. Foi lá que passou o restante da vida. Foi lá que foi morto, juntamente com minha mãe. Hoje em dia, não existe mais nada. Os assassinos destruíram a casa até não sobrar qualquer vestígio. A *brousse* recobriu tudo. É como se não tivéssemos existido jamais. E, no entanto, minha família viveu lá, na humilhação, no medo de cada dia, na expectativa daquilo que aconteceria e que não sabíamos nomear: o genocídio. E sou a única a possuir essa lembrança. É por isso que escrevo estas linhas.

Para minha mãe, essa mudança foi mais uma dilaceração, como um outro exílio. Em Gtiwe, com efeito, reuniram-se famílias de Gikongoro e Butare. Minha mãe, sem exagero, tinha suas amigas à soleira da porta. As pessoas sentiam-se, apesar de tudo, ainda um pouco em casa, o que pelo menos ajudava a suportar o peso da desgraça. Em Gitagata, muitos desterrados vinham de Ruhengeri, pessoas do norte, desconhecidas para nós que vínhamos do sul. Era preciso conseguir penetrar no meio deles e rever os amigos apenas aos domingos, à saída da missa. Minha mãe temia esse desafio, mas enfrentou-o com sua coragem habitual, sem deixar transparecer nada.

Os dias de Gitagata! Os dias da minha infância! Muitos deles foram de aflição e tristeza... E depois houve essa estranha calmaria, em que nossos carrascos pareciam ter nos esquecido. Os dias bem pouco numerosos de uma infância comum.

Os dias em Gitagata começavam antes do amanhecer. A primeira a se levantar era minha mãe. Ela lavava os pés no orvalho fresco, depois ia bater à porta dos vizinhos. Era ela quem acordava a aldeia. Meu pai encarregava-se de tirar as esteiras que nos serviam de coberta, gritando: "*Henuka! Henuka!* Em pé!" – E saltávamos da cama.

Havia muito a fazer antes da ida à escola: buscar água, varrer a casa e o pátio. Alexia e eu dividíamos as tarefas. No início, também compartilhávamos a canga da minha mãe; era a única canga que possuímos em casa. Depois, minha mãe, que sabia costurar, fez um vestido para nós, mas eu e Alexia sempre tínhamos apenas um único vestido. Assim, um dia era Alexia quem ia à escola com o vestido, no dia seguinte era eu. Eu cedia de boa vontade a minha vez com o vestido para a minha irmã mais velha, e preferia bem mais ficar com a minha mãe. Durante esse tempo, meu pai tinha amarrado sua pequena canga branca e ia à missa. Ele ia todos os dias à missa.

Para o almoço, minha mãe separava algumas batatas-doces e as envolvia em folhas de bananeira, e eu partia correndo. A partir do terceiro ano primário, íamos à grande escola em Nyamata. Eu ia até lá correndo. Correndo, cumprimentava as mulheres que varriam o pequeno passeio que levava até sua casa. Correndo, chamava as colegas para saber se elas já haviam saído. Candida me esperava na beira da estrada. Correndo, eu chegava à escola, colocava minha pequena provisão de batatas-doces no fundo da classe e me precipitava para a parte de trás do edifício da escola, onde as meninas jogavam amarelinha. Os meninos ocupavam o pátio. Faziam malabarismos com os pés, jogando a bola feita com folhas de bananeira. Não era o caso de ir até lá.

A cada manhã, a entrada na escola me parecia uma cerimônia grandiosa e complicada. O tambor batia. Todos os alunos juntavam-se no pátio, enfileirados, classe por classe. A bandeira era içada, enquanto se cantava o hino nacional. Sobre uma nova batida do tambor, cada um se dirigia para sua classe e se posicionava, os menores à frente, os maiores atrás, uma fila de meninos, uma fila de meninas. O professor, postado no batente da porta, encarava-nos, com o bastão às costas. O tambor dava o sinal para a entrada em classe. Ficávamos em pé, enquanto o professor, com o bastão na mão, atravessava a sala lentamente. Nós lhe dizíamos em coro: "Bom dia, professor!". Assim que ele chegava em frente ao quadro negro, fazia sinal para o aluno queridinho entoar a prece que a classe toda repetia. Por fim, podíamos nos sentar e a aula começava. Azar do retardatário que ousasse ainda se apresentar. O bastão do professor não aceitava nenhuma desculpa.

Havia, no entanto, uma desculpa aceita tanto pelo professor quanto pelos pais: o encontro com elefantes. Era muito frequente, na verdade, que elefantes atravessassem as aldeias para ir de uma extensão ainda selvagem da *brousse* a outra. Às vezes, um deles, não se sabe por que, seguia pela estrada. Os pais nos haviam dito: "Acima de tudo, fiquem atrás do elefante, jamais o ultrapassem, jamais se coloquem à frente dele". Sendo assim, seguíamos o animal que avançava majestosamente, como se estivesse passeando. Os ruandeses sempre admiraram a postura do elefante, que consideram graciosa e elegante; e as mulheres, quando dançam, elogiam o nobre paquiderme. Nós seguíamos escrupulosamente os conselhos de nossos pais, caminhando atrás do animal, a uma boa distância, respeitando suas paradas e seus desvios. Algumas vezes, transcorria uma manhã até que o animal se decidisse a mudar de direção. Já não valia a pena ir à escola; era mais proveitoso colher *amabungos*. Tínhamos certeza de que os pais não diriam nada por termos seguido um elefante.

Contudo, os elefantes não eram o maior perigo que os alunos podiam encontrar na estrada de Nyamata. Havia, também, a crueldade dos homens... Mas sobre isso falarei mais tarde.

Mais tarde, também, revimos os elefantes. Estavam em cima de caminhões. Acho que estavam sendo transportados para o parque da Kagera.

Foi na escola que descobri que havia outros livros além da Bíblia. Em casa, só havia a bíblia do meu pai. Todas as manhãs, ele a colocava sobre a prateleira onde deveriam estar dispostos os objetos mais preciosos da casa, como os copos de leite; mas não tínhamos mais vacas, portanto nada de leite. Ao lado da bíblia, havia uma garrafa de Bénédictine, vazia, é claro. Também era um objeto venerado. Meu pai dizia que era a bebida do rei. O rei bebia o hidromel dos brancos. Eu pensava comigo mesma que isso, talvez, lhe trouxesse azar. Mas meu pai tinha orgulho de sua garrafa.

Na escola, o professor, de tempos em tempos, distribuía-nos os livros que mantinha, preciosamente, sobre sua mesa. Havia um para cada dois ou três alunos. O livro chamava-se *Matins d'Afrique* (Manhãs da África). Mas a África da qual se falava ali não era a nossa. Em todo caso, não aquela onde ficava Ruanda.

Havia muitas coisas estranhas, baobás, esteiros... As crianças chamavam-se Mamadou, Fatoumata. "Fatoumata", dizíamos, "isso não existe, é Fortunata. Esse é um verdadeiro nome de menina". O professor ficava zangado: "Fatoumata", dizia, "repitam comigo, Fatoumata". E sem nos deixar convencer, repetíamos com ele: "Fatoumata! Fatoumata!". No entanto, graças a esse livro, pressentíamos que o mundo era mais vasto do que podíamos imaginar. E, depois, ali havia histórias muito belas: "Simbad, o marujo"; "Hiawatha e os gansos selvagens"; "Senhor Seguin e sua cabra"; "A lebre e a tartaruga"... Às vezes eu sonhava o impossível: ter um livro só para mim.

Logicamente, o trabalho não parava com o final das aulas. Era até possível dizer que ele começava. Com frequência, se não tivéssemos podido ir ao lago pela manhã, era preciso passar pela nascente de Rwakibirizi para buscar água ali, e assim que chegávamos em casa, tínhamos que nos juntar rapidamente aos pais, que trabalhavam nas plantações até o cair da noite. E para nós, as meninas, ainda havia a comida a ser feita, e nas noites de lua cheia, varríamos o pátio para ganhar tempo.

Mas essas tarefas domésticas nem sempre eram uma chatice. Assim, nos dias livres, íamos em grupo lavar roupa à beira do lago Cyohoha. As margens do lago eram, então, o ponto de encontro de todas as jovens. Descíamos até lá nas horas mais quentes do dia, quando ninguém iria buscar água. Instalávamo-nos na margem, sobre a relva sempre bem verde, como o gramado de um jardim. Selecionávamos a roupa que lavávamos cantando nas águas do lago, e depois eram estendidas para secar sobre a relva. Esperando que secassem, as meninas banhavam-se e lavavam os cabelos. Algumas chegavam a tentar nadar, mas nunca se arriscavam em meio aos papiros, por medo de esbarrar em um crocodilo. Sobre a relva, dava-se a sessão de cabeleireiro.

A roupa secava rápido, então partíamos antes que, novamente, houvesse muita gente buscando água. Dobrávamos a roupa e a envolvíamos em uma canga. O pequeno grupo de meninas partia com a trouxa sobre a cabeça.

Infelizmente, a margem do lago que era como o jardim dos nossos jogos inocentes logo se tornou o lugar de todos os pesadelos.

*

Na quarta-feira à tarde, para preparar a primeira comunhão, ou a confirmação, íamos ao catecismo ministrado por Kenderesire, uma solteirona que morava com a mãe perto da missão. De tempos em tempos, a aula de catecismo terminava com uma distribuição de roupas. Diziam que as roupas, de segunda mão, vinham da América. Isso atraía muita gente. Nunca entendi como aqueles que não iam ao catecismo também ficavam sabendo da distribuição. De qualquer modo, nesse dia havia uma multidão na missão.

Padre Ligi, um italiano com seu manto branco, colocava-se no alto do adro. Tinha a barriga tão grande quanto o saco cheio de roupas, que ele colocava a seu lado. Cada um, pronto a saltar, tinha os olhos no saco. O padre não se mexia, fazia esperar. E, de repente, uma revoada de roupas saía do saco, e todos se precipitavam. Os mais rápidos se apossavam das vestes, mas os mais fortes e os mais encarniçados arrancavam-nas deles. O tumulto era generalizado, e levantava uma nuvem de poeira vermelha. Então o padre chamava seu empregado: "Nyabugigira! Nyabugigira!", e Nyabugigira trazia um balde d'água e o estendia ao padre, que jogava o líquido sobre nós, para nos separar. Na maioria das vezes, voltávamos da distribuição sem conseguir recuperar um desses trajes tão cobiçados, nossos trapos encharcados e cobertos de lama vermelha. A caridade cristã não ocorria sem humilhação.

Meu pai era de grande devoção religiosa. Toda noite, reunia a família para a oração em comum. Pegava os óculos que lhe haviam sido dados pelos padres – ele era o único na aldeia que os tinha –, abria a bíblia, e líamos uma passagem. Não sei como ele escolhia suas leituras. Com frequência, dávamos a volta no bananal, rezando o terço, ou fazendo a via-sacra. Dava-se mal quem torcia o nariz para esses exercícios piedosos; o bastão paterno o levava rapidamente para o bom caminho.

Meu pai orgulhava-se de ser o responsável local pela Legião de Maria. Ignorava, evidentemente, que um dos primeiros dirigentes do movimento tinha sido Grégoire Kayibanda, que fez daquilo, com o apoio de monsenhor Perraudin, o embrião do futuro partido étnico MDR-Parmehutu.

A missa de domingo na missão de Nyamata constituía o grande acontecimento da semana. Eram três. Para ir até lá, fazia-se um revezamento nas famílias, a fim de que sempre ficasse alguém em casa, espantando os macacos, sempre dispostos a pilhar nossas plantações. Meu pai assistia às três missas. Era seu grande dia. Guardávamos nossos trajes mais decentes para a missa. Se minha mãe, sempre matinal, assistia à primeira, era também para me emprestar o lindo corpete branco que Judith lhe trouxera de Kigali e que, em mim, transformava-se em um vestido branco, com o qual eu ia à missa solene toda orgulhosa.

Na igreja, as mulheres e as crianças colocavam-se de um lado, os homens de outro. O padre rezava a missa em latim. O coral de Casimir, professor do quarto ano, entoava, aos pés do altar, os cânticos que a assembleia retomava em coro, mas sem bater palmas. Naquela época, estava fora de questão bater palmas ou dançar na igreja, como se faz hoje em dia. O padre detalhava para nós, perante as grandes representações, os castigos terríveis que aguardavam os pecadores. Eu tremia à vista das chamas do inferno, em meio às quais fervilhavam, como formigas alucinadas, uma multidão de condenados. Calculava meus pecados. Aquilo nunca tinha fim. Depois da confissão, eu sempre tinha a impressão de ter esquecido um. O pior. Voltava junto ao padre e lhe repetia a litania dos meus erros. No final, cansado de tantos escrúpulos, ele me proibiu de voltar a procurá-lo.

Os militares exigiam que, em cada casa, fosse pendurado o retrato do presidente Kayibanda. Os missionários cuidavam para que fosse colocada ao seu lado a imagem de Maria. Vivíamos sob os retratos parelhos do presidente que nos havia condenado ao extermínio e de Maria, que nos esperava no céu.

*

Mas havia dias quando, mesmo para o meu pai, já não era o caso de preces ou procissões. Eram aqueles em que era produzida a cerveja de banana, o *urwarwa*. Produzir o *urwarwa* era um acontecimento; levava tempo, era necessária a cooperação da família toda, e até dos vizinhos. Eram dias de festa.

Como se sabe, as bananas que servem para a fabricação do *urwarwa* não amadurecem nas bananeiras; são levadas a amadurecer nas grandes covas cavadas no bananal. No fundo da cova, é feito um leito de folhas de bananeira bem secas, e ali se põe fogo. Não se deve colocar nada além de folhas, para que só restem cinzas, nada de carvão. Quando as folhas são consumidas e o buraco está bem quente, mas não demais – as bananas não devem cozinhar –, ele é forrado com grandes folhas verdes de bananeira, grandes o bastante para que transbordem do buraco. Assim, quando as folhas estiverem bem colocadas e a temperatura chegar no ponto, o buraco é preenchido com bananas; as folhas são dobradas de modo a envelopá-las hermeticamente, depois cobertas de terra e comprimidas com as costas de uma pá.

Então só resta esperar. Todo mundo fica animado. As crianças não conseguem ficar quietas, dançam à espera do grande dia.

Ao amanhecer do quarto dia, meu pai me diz: "Mukasonga! Mukasonga! Vá ver se as bananas estão maduras". Vou correndo até o bananal. Raspo com muita delicadeza a terra que recobre a cova, afasto as folhas com todo cuidado, enfio a mão com suavidade, de modo a não esmagar as bananas. Apalpo uma: está madura! Todos esperam o sinal. Não faz sentido ir à escola. É preciso ir rapidamente buscar água, pegar emprestado com o vizinho a gamela em forma de piroga na qual as bananas serão amassadas com a erva *ishinge* que minhas irmãzinhas foram colher. Em seguida, temos que escolher as bananas. Enchemos os cestos com elas. Fazemos um vaivém entre o buraco das bananas e a gamela, depositada debaixo das grandes bananeiras, o mais próximo de casa. Elas oferecem a sombra necessária para o trabalho, que vai levar o dia todo. Meu pai e minha mãe descascam as bananas e as colocam na gamela. Concentrado em sua tarefa, meu pai não presta atenção naquelas que, com a cumplicidade da minha mãe, jogamos de lado discretamente durante o transporte, com a promessa de voltar para comê-las mais tarde.

A gamela não é enchida até a borda porque a espuma poderia transbordar. Esse é o momento de pressionar com os tufos de ervas. Fica-se de joelhos em frente à gamela, pressiona-se, o suco sai, a espuma – *urufuro* – sobe. À medida que a espuma sobe, as crianças têm autorização para comê-la. Segundo os pais, isso faz bem à saúde. É um fortificante. Minha mãe enche com ela uma cabaça para cada um. Nós nos precipitamos sobre a espuma, ficamos com o rosto sujo, os olhos e os cabelos ficam cheios dela. É inútil esconder dos vizinhos que fazemos *urwarwa*; logo eles perceberiam as crianças todas pintadas de espuma arroxeada.

Obtido o suco – *umutobe indakamirwa* –, é preciso, em seguida, coá-lo. Na gamela, é derrubada a mesma quantidade de água e de suco sobre o leito de *ishinge* impregnado do concentrado de bananas esmagadas. Coa-se e se espreme – *gukamura*. É assim que se obtém um bom *urwarwa*. Com certeza existem aqueles que trapaceiam, que fazem o suco render mais, colocam mais água do que suco, mas a receita do bom *urwarwa* é uma jarra de água para uma jarra de suco.

Nada se perde. As ervas *ishinge*, que serviram para pressionar as bananas e que estão bem impregnadas de suco, são colocadas no fundo de uma jarra e despejada água por cima. A infusão chama-se *amaganura*, bebida principalmente pelas mulheres, com as crianças, em sinal de amizade. Os canudos das senhoras esvaziarão a jarra até o fundo para não deixar mais do que uma pequena borra de *ishinge*, onde flutuam mosquitos e mosquinhas.

As jarras de *umutobe*, recobertas de folhas verdes, são colocadas no buraco aquecido a uma boa temperatura. O suco foi acrescido de sorgo torrado e moído para produzir a levedura. É preciso esperar dois dias. No segundo dia, ao cair da noite, meu pai me diz: "Mukasonga! Pegue um canudo e vá ver se já está bem fermentado". Corro até uma das jarras, enfio o canudo, aspiro um grande gole, saboreio. Meu pai grita: "Mukasonga saboreou bastante! Deve estar bom. O *urwarwa* está pronto!".

Ainda é preciso filtrar, passar para jarras menores; umas serão vendidas e outras serão bebidas com os vizinhos. Tudo isso acontece à noite, e o vaivém agitado dos lampiões previne a vizinhança que acorre para apreciar, como especialista, o resultado dos procedimentos. Meu pai, que cambaleia por ter experimentado, está orgulhoso de sua obra: o melhor *urwarwa* da aldeia!

*

Mas os dias de felicidade, os únicos que minha infância conheceu, foram os que eu ficava com minha mãe. Sempre amei o trabalho doméstico e no campo. Talvez seja por isso que escolhi a profissão de assistente social. Para ficar perto da terra, dos camponeses. Como é que eu poderia imaginar que exerceria minha profissão na França?

Minha mãe, portanto, pegava sua enxada e eu, a minha. Cada uma de nós tinha a sua, uma grande para a minha mãe – *isuka* –, para mim uma de acordo com o meu tamanho – *ifuni*. Durante o caminho, desde o nascer do sol, minha mãe punha-se a contar histórias. Contava a de Ruganzu Ndori, o grande rei, seu exílio em casa da tia paterna, as armadilhas montadas pelo marido da tia, as revelações dos segredos da realeza, seu retorno a Ruanda. A história era longa, interminável. Eu cochilava um pouco enquanto andava e, às vezes, achava que distinguia ao longe Ruganzu e sua lança, Ruganzu Cyambarantama cyi'Rwanda, que atravessava as colinas vestido com sua pele de carneiro. Minha mãe havia me mostrado os vestígios dos seus passos: atrás da igreja, os pés de Ruganzu estavam incrustados na pedra. Havia até mesmo uma depressão na rocha, deixado pela bundinha do seu cachorro. Para minha mãe, por toda Ruanda viam-se os rastros de Ruganzu. De repente, eu saía da minha sonolência e dizia a mamãe: "Mais! Mais!".

Minha mãe contava a chegada dos Brancos à sua maneira. Digidigi, dizia ela, chegou e todo mundo morreu. Minha mãe era órfã, seus pais haviam morrido vítimas de uma epidemia – *mugiga* –, talvez meningite. Tinha sido criada pelo irmão. Os órfãos receberam ajuda dos religiosos de uma missão vizinha. Minha mãe não aprendeu a ler, nem lhe ensinaram a escrever, só lhe ensinaram a rezar. Ao seu redor, o mundo desmoronava. Os Brancos tinham prendido o rei em uma casa de pedra; tinham violado os segredos da realeza. *Kalinga*, o tambor real, foi escondido no pântano, juntamente com o *umwiru*, seu pároco...

Em casa, minha mãe ensinava-me o que toda jovem ruandesa deve saber: trançar esteiras, tecer lindos cestos com motivos geométricos, reconhecer plantas medicinais e fazer decocções com elas. Graças a ela, eu sabia fazer a melhor cerveja, escolher as estacas que dariam as melhores batatas-doces...

Minha mãe cultivava com cuidado, até com piedade, as plantas antigas. Ela lhes havia reservado um pedacinho de terreno perto da casa. Lá, plantava variedades quase esquecidas de feijões – *ububenga, kajemunkangara* –, de batatas-doces – *gahungezi, nyirabusegenya* –, de abóboras – *imyungu, nyirankuba*. Também havia o capim pé-de-galinha, esse antigo cereal africano cujos grãos lembram os da mostarda, e os *inkori*, uma espécie de lentilha miúda. Muitos desses grãos vinham de Magi. Ela os tinha salvado no nó da sua canga, como se fossem os tesouros mais preciosos. Quando ia até a casa dos bageseras, punha-se a coletar estacas raras que obtinha com um aumento de trabalho. Às vezes, passava a tarde toda sobre seu pequeno quinhão de terra, reservado às plantas em vias de desaparecer. Para ela, era como se fossem as sobreviventes de um tempo mais feliz, perto das quais, ao que parecia, ela extraía uma energia nova. Ela não as cultivava para o consumo cotidiano, e sim como um testemunho daquilo que estava ameaçado de desaparecer e que, efetivamente, no cataclismo do genocídio, acabou desaparecendo. Quando mamãe fazia algum prato com elas, parecia que eu estava provando um alimento maravilhoso, saboreado nas histórias.

No serão, na hora das histórias, minha mãe retomava o fio incansável dos seus contos. "Quando eu era pequena", ela contava, "todos os ruandeses moravam em choças de plantas e as pessoas diziam às crianças: 'Façam de tudo, menos ir até o fundo da choça, lá onde está sempre escuro, onde são colocados os jarros grandes aos quais sempre damos as costas, porque vocês correm o risco de encontrar o *ingegera*'". E mamãe descrevia-nos o *ingegera*: um ser pequeno, todo negro, muito magro, cujos olhos ficam vermelhos como brasa. Anda todo nu, ou usa uns farrapos de folhas secas de bananeira. Se escutarmos atrás dos jarros um roçar de folhas, é porque ele está lá. Mas, dizia mamãe, o que o *ingegera* tem de mais notável são os cabelos, uma gaforinha impossível de desembaraçar (porque não tem ninguém para fazer isso, e ninguém para raspar sua cabeça), todo emplastrado de terra e cinzas. Daria para dizer que ele traz sobre a cabeça um torrão de plantas e raízes. Depois da refeição, costuma-se deixar um pouco de feijão e de batata-doce no fundo da panela. Mas se, ao se levantar de manhã, a pessoa descobre que a panela está vazia, é porque o *ingegera* está lá, atrás dos grandes jarros, e ao mexer neles, nos arriscamos a enfiar a mão em um tufo de cabelos imundos e melados, e de ver se destacar, sobre a abóbada da cabana, sua silhueta despenteada e suas unhas grandes e recurvadas. Minha mãe ignorava se cada cabana tinha seu *ingegera*, ou se havia apenas um que ia de casa em casa.

E minha mãe, sentada perto das três pedras do fogo, desfiava seus contos, suas histórias de madrastas, de animais falantes, as canções da boa tia; e eu a escutava sozinha, e adormecia embalada pela interminável cantilena maternal. No meu semi-sono, entorpecida pelo calor do fogo, eu dizia a mamãe: "Mais! Mais!".

VI
OS ANOS DE 1960: TERROR HUTU, ENTRE MILÍCIAS E MILITARES

Havia poucos dias tranquilos em Nyamata. Os militares do acampamento de Gako estavam lá para nos lembrar, constantemente, quem éramos: serpentes, *inyenzis*, baratas que não tinham nada de humano, que um dia deveriam ser exterminadas. Na espera, o terror era sistematicamente organizado. Sob pretexto de treinamento ou de controle, os soldados patrulhavam o tempo todo pela estrada, entre as casas, nos bananais. Do alto dos caminhões que cruzavam as pistas, apontavam seus fuzis, às vezes atiravam.

De Gitagata, para ir à escola de Nyamata, a estrada juntava-se à rota principal que levava à fronteira do Burundi. Todos os alunos apressavam-se para chegar antes da batida do tambor, mas tinham uma preocupação mais angustiante: vigiavam os barulhos dos motores e, ao menor alerta, mal tinham tempo para se precipitar sob os cafeeiros, de se enfiar na *brousse*, ou entrar na primeira moradia que aparecesse. A estrada de Nyamata também era a que conduzia ao acampamento de Gako. Inúmeros caminhões militares passavam por lá, e os soldados atiravam, ou lançavam granadas para aterrorizar as crianças que tivessem a imprudência de caminhar na beira da estrada. Na estrada de Nyamata, os militares jamais cometiam erros, porque ela só era usada pelos tutsis.

Um dia, estávamos em quatro a caminho da escola: Jacqueline, Kayisharaza, Candida e eu. Um caminhão apareceu atrás de nós. Não o havíamos escutado. Só tivemos tempo para nos jogar sob os cafeeiros. Tarde demais! Os militares haviam nos visto e lançaram uma granada. A perna de Kayisharaza ficou dilacerada. Ela teve que abandonar a escola. Não conseguia arrastar sua perna morta até Nyamata. Filha mais velha, passou a ser um peso para sua família, para seus irmãos e irmãs. Não sei quantos alunos foram feridos dessa maneira na estrada de Nyamata.

Assim, foi preciso abrir umas trilhas através da *brousse*, que fazia longos desvios. Mas preferíamos muito mais correr o risco de encontrar um elefante ou um búfalo a cruzar com um caminhão militar.

As casas já não eram lugares de proteção. Frequentemente os militares irrompiam ali, sobretudo logo antes do amanhecer, ou depois do cair da noite. A chapa que servia de porta caía com grande estardalhaço, e três ou quatro soldados surgiam bruscamente. Eles nos jogavam para fora com brutalidade, batendo com a coronha naqueles que tinham o azar de demorar um pouco. Depois, nos enfileiravam ao longo da pista e, enquanto um deles nos controlava com seu fuzil, os outros, no interior da casa, espalhavam a palha das camas, reviravam as jarras, desengachavam as esteiras novas – nossa muda de roupa de cama –, que estavam suspensas nas divisórias, e as atiravam na lama ou na poeira. Fingiam procurar correspondência com as *inyenzis* do Burundi, ou a foto de Kigeri. Depois de verificar que o retrato de Kayibanda encontrava-se no lugar de honra, partiam ao amanhecer ou à noite para semear o terror em outras casas.

Às vezes, ao contrário, éramos confinados dentro das casas. Ignorávamos o motivo de sermos submetidos a esse toque de recolher e quanto tempo ele duraria. Então, ficava proibido cuidar da terra. As crianças não podiam ir à escola. Os soldados vasculhavam a aldeia. Os imprudentes que se arriscavam a sair eram espancados. Se o toque de recolher prolongava-se, a situação ficava difícil; já não podíamos buscar água ou lenha. Não era mais possível arrancar algumas batatas-doces, ou cortar um cacho de bananas. Mesmo as latrinas que, em geral, ficavam distantes das casas, no bananal, tornavam-se inacessíveis. Fechados dentro de casa, ficávamos paralisados de terror, não ousávamos nem mesmo conversar.

Na verdade, o único refúgio que parecia inviolável era a igreja da missão de Nyamata. Desde que sentimos a ameaça aumentar contra nós, sabíamos muito bem que lá era o único refúgio que poderíamos buscar. E a cena que se repetiu inúmeras vezes era capaz de nos tranquilizar. Aos domingos, enquanto a comunidade tutsi assistia à missa, ouvíamos, lá fora, em frente à igreja, o rugir prolongado de uma multidão hostil.

Não havia dúvida que a aglomeração tinha sido amotinada pelas autoridades comunais, bastante zelosas em manter o ódio e atiçar a violência. Às vezes, o bando vociferante tentava entrar na igreja. Então, o padre que rezava a missa, padre Canoni – pelo menos era assim que nós o chamávamos –, um alemão, deixava o altar, tirava sua casula, ia até a sacristia pegar seu fuzil, e avançava lentamente em direção aos invasores. Esses hesitavam um instante, depois recuavam, e acabavam fugindo, desembestados.

Em 1994, os tutsis de Nyamata refugiaram-se, novamente, na igreja, mas o padre Canoni não estava ali para afugentar os assassinos. Os militares da ONU tinham vindo buscar os brancos, os missionários haviam partido com eles, sabendo que abandonavam à morte mais de cinco mil homens, mulheres e crianças que acreditaram que encontrariam refúgio em sua igreja.

A igreja de Nyamata tornou-se, hoje, um memorial do genocídio. Os sobreviventes tiveram que brigar muito para que ela não fosse devolvida ao culto, como reclamava a hierarquia católica. Em uma cripta, um ossário apresenta os crânios bem enfileirados, e os ossos cuidadosamente amontoados. O teto de chapa está salpicado de pontos luminosos; são os impactos das balas e das granadas. Contra a parede de tijolos, à esquerda do altar, a Virgem de Lourdes, com o véu vermelho de sangue, vela sobre os bancos, agora vazios. Ela teve sorte, a Virgem de Nyamata. Também é uma sobrevivente. Em outros lugares, em várias igrejas, os assassinos quebraram as estátuas da Virgem. Eles achavam que elas tinham recebido o rosto de uma tutsi. Não suportavam seu narizinho muito reto.

*

Nossa situação agravou-se já em 1967. Desde o começo do ano, sentíamos aumentar a tensão, algo de ameaçador que se aproximava de nós. Entre os bageseras, os conselheiros comunais tinham reuniões misteriosas, às quais só eram convidados os hutus. Corriam rumores de que facões tinham sido distribuídos. Dizia-se até que tinham sido distribuídos à comuna. Depois, em abril, talvez na segunda-feira de Páscoa, todos os adultos com mais de dezesseis anos foram convocados à comuna.

Fiquei sozinha em casa com minhas irmãzinhas, Julienne e Jeanne. Chovia. Era uma dessas chuvas violentas da grande estação das chuvas que tinham transformado as passagens em torrentes lamacentas. Eu estava em casa tomando conta do pouco feijão que era esquentado na panela. As duas pequenas estavam do lado de fora, apesar da chuva: era preciso tomar conta do milharal e impedir os macacos de se regalar, antes de nós, com as espigas já formadas. Eu só ouvia o escorrer da chuva sobre as grandes folhas de bananeiras. Essas bananeiras são sempre maiores porque se aproveitam dos resíduos domésticos que jogamos a seus pés. Mas, de repente, ouvi outro barulho que eu conhecia bem: – *shuwafu! shuwafu!* –, o barulho que fazem as botas na lama. Corri para fora e dei de cara com dois militares. Traziam a golpes de coronha minhas duas irmãzinhas que vieram cair aos meus pés. Os soldados entraram em casa e fizeram o saque costumeiro, antes de irem embora.

Ficamos as três agarradas umas às outras, tremendo de pavor. Eu tinha recolocado no lugar a chapa da entrada, como se isso pudesse nos proteger.

Em seguida houve essas pisadas, esse alarido que subia a estrada. E pelos buracos da chapa, descobrimos uma coisa que nos gelou de pavor: os militares desciam em grande número para o lago Cyohoha, arrastando corpos que pareciam marionetes desarticuladas e, entre eles, reconheci uns vizinhos, Rwabukumba e seu irmão. Eram jovens, não tinham nem vinte anos, e todos os corpos que eram arrastados eram jovens, homens jovens, serpentes, baratas, *inyenzi*, que era preciso eliminar por medo que se tornassem perigosos. Nem todos eram cadáveres, alguns ainda se mexiam e gemiam.

Passamos a noite esperando nossos pais. Eles voltaram no dia seguinte, ao amanhecer. Não disseram nada. Minha mãe, que tinha tanto cuidado para amarrar sua canga com elegância, trazia-a sobre a cabeça, como a Santa Virgem. Não falava mais.

Quando os vizinhos voltaram, também não diziam nada. Evitavam se cruzar, era como se não se vissem. Minha mãe murmurava uma palavra bizarra, que ela mesma não compreendia. *Meeting*, não era para se fazer *meetings*. E quando três pessoas se cumprimentavam, murmurava-se *meeting* e cada um fugia para o seu lado.

Quando voltamos à escola, à margem da grande estrada de Nyamata, nos fossos, havia cadáveres. Alguns tinham sido jogados ali, outros foram levados pelas enxurradas formadas pelas águas da chuva. Entre eles, reconhecemos Ngangure, pai de Protais, que estava na minha classe. As famílias foram proibidas de recuperar os corpos dos seus.

Ninguém se resolvia a ir buscar água. Ninguém ousava. Aguentamos o máximo possível com as reservas de água da chuva, mas em pouco tempo elas se esgotaram e era preciso pegar o caminho do lago. A tradição diz que a função de buscar água fica a cargo das crianças. Portanto, fui até lá com Candida.
    Havia novidade à margem do lago, uns recém-chegados. Todos eram jovens, adolescentes, verdadeiros moleques de uniforme. Mas não era o uniforme dos militares. Usavam um short e uma camisa cáqui, mais ou menos como o uniforme dos escoteiros. Não tinham fuzil, mas bastões grossos, ou maças guarnecidas de pontas. À borda do lago, havia umas

construções recém-feitas, nas quais se hospedaria gente que, até então, ignorávamos quem eram.

Muitos estavam posicionados como sentinelas ao longo da margem. E quando entramos na água para encher nossas cabaças, vimos o que eles vigiavam: os corpos amarrados das vítimas que agonizavam lentamente nas águas baixas do lago, recobertos, vez ou outra, pelo movimento das ondas. Os recém-chegados estavam ali para repelir as famílias que quisessem salvar seus filhos ou, ao menos, recuperar seus corpos. Por muito tempo, ao buscar água, encontramos nas cabaças pedaços de carne e de membros putrefatos.

*

Nossos novos perseguidores não demoraram a se revelar: a juventude revolucionária do partido único, o MDR-Parmehutu. Na verdade, eram os delinquentes recolhidos nas ruas de Kigali, treinados para a violência e a morte. Eram bons alunos e logo assimilaram a única lição que lhes foi dada: humilhar e aterrorizar uma população sem defesa.

Todo dia, mais ou menos no meio da manhã, os jovens do partido único desfilavam correndo, com o cassetete ou a maça sobre o ombro. Cantavam em altos brados, e suas canções pareciam dirigir-se a nós; elogiavam Kayibanda, o emancipador dos hutus; celebravam o povo eternamente majoritário, os únicos ruandeses, os autênticos, os autóctones, os hutus. O trajeto era sempre o mesmo, do seu acampamento no lago Cyohoha até o cruzamento da grande estrada que leva de Nyamata até a fronteira do Burundi, diante da cabana de Rwabashi. Se a ida acontecia em certa ordem, o mesmo não se dava na volta. Assim que chegavam à estrada principal e faziam meia-volta, os jovens do partido desmanchavam as fileiras e se espalhavam em bandos saqueadores e agressivos ao longo do caminho que os reconduzia ao acampamento. Azar do imprudente que passasse e não tivesse tempo de se esconder. Era esbofeteado, atirado ao chão, espancado. As mulheres, que vendiam amendoins em frente a suas casas e, às vezes, cachos de bananas maduras, recolhiam às pressas suas bancas, antes que fossem devastadas e pilhadas. Às vezes, os delinquentes invadiam as casas com o único prazer de ali instaurar a desordem. E escutávamos suas risadas misturadas a xingamentos, enquanto eles se vangloriavam de suas "façanhas".

A partir daí, ir buscar água no lago Cyohoha significava se expor a todas as sevícias pelas quais tínhamos que passar em frente ao acampamento deles. Nossos perseguidores esperavam-nos na volta do lago, com as cabaças sobre a cabeça. Estávamos, então, à mercê de suas fantasias sádicas. E não lhes faltava imaginação. Eles se divertiam em esvaziar nossas cabaças, em nos mandar de volta para buscar água, depois em quebrar nossos recipientes. Suas risadas desvairadas não cessavam. Ou então eles nos enfileiravam ao longo da trilha, cuspiam em nossos rostos e pisavam em nossos pés com seus pesados calçados militares. E riam ao ver chorar as pequenas serpentes, as baratas, as *inyenzis*. Mas em algumas vezes era mais grave, seus olhos estavam vermelhos, eles já não riam, enchiam os meninos de porrada e arrastavam uma menina para uma moita, atrás do acampamento, para violentá-la. Assim, íamos buscar água em pleno calor, no comecinho da tarde, sem fazer barulho, enquanto eles faziam a sesta.

Com certeza, o que mais interessava os jovens revolucionários eram as meninas. Na volta do desfile, eles perseguiam as que não haviam tido tempo de se esconder. Os estupros não eram raros. Algumas pobres moças tornaram-se objeto deles, como aconteceria com as moças e meninas tutsis na época do genocídio. Pelo menos, na época, não existia a aids.

A caça às meninas acontecia principalmente à noite. Naquela época, eu ia dormir na casa da minha prima, Mukantwari, que devia ter vinte anos. É costume em Ruanda as menininhas dividirem o leito com as moças em idade de se casar. Isso acontece, sobretudo, entre primas: contamos histórias, fazemos adivinhações, caçoamos dos meninos, rimos muito.

Minha prima morava na casa da avó, Bureriya, uma velha toda curvada, a quem fazia companhia. Em frente, moravam seus pais. Seu pai, Ngoboka, era um homem muito forte, sem medo de ninguém.

Tinha um machado que mantinha à distância todos os que lhe traziam problemas.

Várias vezes, os jovens do Parmehutu tentaram capturar Mukantwari. Assim que os ouvíamos vindo, ela e eu nos jogávamos debaixo da cama da avó, e ela, brandindo seu pequeno bastão, gritava o mais alto que podia: "Vão embora! Vão embora!". Ela pegava um tição na lareira e o girava debaixo do nariz dos agressores.

Aos gritos da velha, Ngoboka – e seu nome significa justamente Aquele-que-chega-na-hora-certa – acudia e punha para correr os raptores, cuja coragem não chegava a ponto de enfrentar um gigante surgido à noite com seu terrível machado.

As meninas tutsis fascinavam os hutus. Os dirigentes davam o exemplo: desposar uma tutsi fazia parte do direito do vencedor. Vinham se servir em Nyamata.

Em Nyamata, aquilo se chamava, então, comuna Kanzenze; tinha sido o burgomestre quem começou. Era um hutu que vinha de Ruanda, como dizíamos. Não tinham encontrado ninguém instruído o bastante entre os *bageseras*, para ocupar esse posto. O burgomestre era um velho solteirão. Não se sabe por que ele não tinha se casado. Mas em Nyamata, não era difícil arrumar mulher. Ele se apossou de Banayija, uma garota muito bonita, cuja mãe era uma pobre mulher que sobrevivia como dava, com suas quatro filhas, vendendo cigarros a granel e cerveja de sorgo e banana. Quando o burgomestre veio levar sua filha, não pediu opinião nem de Banayija, nem de sua mãe. "Os tutsis e suas filhas", ele adorava repetir, "não têm mais direito ao orgulho". E partiu com Banayija.

Vários outros vieram se servir em Nyamata. As meninas cuja beleza as colocava em perigo eram escondidas. Mas muitas vezes os pais não ousavam recusar, de tanto que se sentiam ameaçados. Além disso, entregar uma filha aos perseguidores significava, talvez, salvar a família.

VII
1968: O EXAME NACIONAL,
UM SUCESSO INESPERADO

Ao término de seis anos de escola primária, os alunos viam erguer-se perante eles uma barreira quase intransponível: o famoso e terrível exame nacional, concurso que era preciso vencer a qualquer preço para fazer parte dos poucos eleitos, admitidos no secundário. Havia ainda menos vagas para os tutsis porque, segundo as cotas étnicas estabelecidas pelo regime hutu, eles só tinham direito a dez por cento das vagas. Essa porcentagem lhes era concedida parcimoniosamente, e segundo critérios que, com frequência, não tinham nada a ver com as notas obtidas. Em Nyamata, estávamos longe da fatal cota étnica; na maior parte do tempo, nenhum candidato de Nyamata figurava na lista dos admitidos.

Passei no exame nacional em 1968. Evidentemente, ninguém tinha ilusão sobre os resultados, mas isso não impedia os alunos de estudar, os professores de encorajá-los, nem os pais de desejar. Mas era bem sabido que sobre os quinhentos alunos que se apresentavam em Nyamata, os aprovados podiam ser contados nos dedos de uma só mão.

Na manhã do exame, eu estava bem resolvida a não comparecer. Inventei que tinha pegado a *agapfura* – uma dor de garganta. Fui tomada por um entusiasmo irresistível pelos trabalhos domésticos:

era urgente varrer o pátio, buscar água, ainda mais urgente e importante do que percorrer dez quilômetros para me apresentar a um exame no qual eu não tinha a menor chance de me sair bem. Minha mãe estava disposta a ceder, mas meu pai era de outra opinião. Acima de tudo, confiava no triunfo escolar dos filhos. Acreditava que, talvez, isso significasse para a família uma maneira de escapar, de ser poupada. Não desistia dessa ilusão. Antes que o sistema de apartheid étnico fosse definitivamente implementado, André e Alexia tinham podido frequentar a escola secundária. Era a minha vez. Assim como eles, eu continuaria os meus estudos.

Meu pai me ordenou em um tom que não admitia réplica: "Rápido, vá se arrumar". Lavei o rosto, lavei os pés (não havia muita água naquela manhã para fazer uma limpeza mais completa). Passei o vestido da escola. Meu pai já tinha amarrado sua canga branca, colocado seu bastão sobre os ombros, e me empurrava pela estrada de Nyamata.

Como de hábito, as salas de exame na missão tinham sido arrumadas. Havia as três classes da escola primária de Nyamata, e as de Cyugaro, Ntarama e Musenyi. Era preciso ser bom em francês, em cálculo, conhecer os nomes dos ministros, a data da independência, o papel do partido... Era preciso ser bom, mas não demais. Havia muito tempo, tínhamos observado que os alunos mais brilhantes nunca eram admitidos. Era melhor manter-se em uma média honesta. De todo modo, os critérios pelos quais os laureados de Nyamata eram escolhidos permaneciam profundamente misteriosos para nós.

Aguardavam-se os resultados ao longo de todas as férias longas. Eles eram anunciados quase em seu final, pelo rádio. Em nossa casa não havia rádio, mas isso não me preocupava muito. Aos doze anos, eu tinha me conscientizado de que permaneceria camponesa. Com minha canga rasgada, um lenço encardido amarrado na cabeça, revolveria a terra. Faria isso pelo resto da vida, se ao menos me deixassem viver.

*

Numa tarde, logo depois do almoço, estávamos no pátio à sombra do grande pé de mandioca. Descansávamos debulhando feijões. De repente, apareceu uma multidão no fim da pista. Parecia gente alegre. Havia mulheres, meninas, crianças dançando. Gritavam e, à medida que avançavam em nossa direção, entendemos o que gritavam: "Mukasonga! Mukasonga!". Todo mundo entrou no nosso pátio. À frente, estava o comerciante de Gitagata que vendia cigarros, gasolina e caixas de fósforos em sua minúscula loja. Era o único na aldeia a possuir um aparelho de rádio, e todo ofegante de emoção, explicava-nos que havia escutado meu nome no rádio, Mukasonga Skolastika e, não apenas eu tinha sido aprovada, como estava inscrita no liceu Notre

Dame de Cîteaux, o liceu da capital, o melhor liceu de Ruanda. "*Yatsinze! Yatsinze!*", gritava a multidão, "Mukasonga, foi aprovada!".

Eu não entendia o que tinha me acontecido. Minha mãe virou seu cesto de feijões e começou a chorar. Da minha parte, explodi em soluços. Meu irmão André, não se sabe por que, me xingava. Meu pai, que fazia a sesta, saiu de casa envolvido em seu pano. Ergueu seu bastão como se fosse me bater. Todas as minhas irmãs choravam. E a multidão ria e dançava.

A festa organizou-se espontaneamente em nosso pátio. Os vizinhos trouxeram o que foi possível, amendoins, milho. As velhas me abraçavam. As meninas e as crianças dançavam. Eu dançava com elas. Não estávamos comemorando apenas o meu sucesso, mas o de toda a aldeia! Um pouco mais tarde, Angelina, minha madrinha, veio confirmar a boa notícia. Ela morava longe, em Gitwe. Seu marido era professor, tinha um aparelho de rádio. Assim que escutou meu nome, ela partiu correndo e, ao longo de toda a estrada, gritava: "Mukasonga! Mukasonga! *Yatsinze!*".

Foi bem difícil juntar os seiscentos francos do minerval, a taxa escolar, e conseguir o enxoval exigido pelo pensionato: uma coberta, um jogo de lençóis, uma toalha, um sabonete, um baldinho. O alfaiate da aldeia fez para mim uma camisola e dois culotes, compridos como ceroulas, meus primeiros culotes. Meu pai vendeu os cachos de bananas maduras e a isso juntou o pouco de dinheiro conseguido com a colheita do café. Mas com tudo isso, mal conseguiu pagar um único lençol; só quando entrei no terceiro ano foi que conseguimos completar o jogo. Todos os moradores de Gitagata cotizaram-se e participaram com mais da metade para a compra do material. Eu não era apenas a filha de Cosma e Stefania, mas filha de toda a pequena comunidade de Gitagata e Gitwe.

Enfim, chegou o grande dia do ingresso. Era preciso partir bem cedo para chegar em Kigali antes do cair da noite. Mesmo para uma boa andarilha como eu, quarenta e cinco quilômetros era uma expedição. Meu pai me acompanhava. Mas antes era preciso me despedir dos vizinhos. Aquilo foi longe, os cumprimentos, as recomendações. Por fim, as mulheres desfizeram o nó de suas cangas, que funcionava como porta-moedas, e me deram algumas peças, ou uma pequena nota toda amarrotada. Depois, partimos, atravessamos a grande ponte sobre o Nyabarongo. Eu entrava num outro mundo.

VIII
1968-1971: UMA ALUNA HUMILHADA

Quando cheguei ao liceu Notre Dame de Cîteaux, com a pequena mala de papelão que tinha servido ao meu irmão e depois a Alexia, estava cheia de esperança e apreensões. Minhas apreensões eram mais do que justificadas, mas nunca perdi a esperança.

Em Nyamata, eu tinha conhecido a perseguição violenta e assassina. No entanto, o calor fraternal do gueto dava força para resistir. No liceu, eu iria conhecer a solidão da humilhação e da rejeição.

Ao atravessar o Nyabarongo, não abandonei meu status de tutsi. Bem ao contrário. Aliás, isso era difícil de dissimular. Cada aluno possuía uma ficha de dados, na qual estava indicada a pretensa etnia, uma marca a ferro e fogo. Quando era preciso apresentá-la a uma irmã, seu olhar e sua atitude mudavam de imediato: desconfiança, desprezo ou raiva? Eu não queria saber. Também foi descoberto que eu vinha de Nyamata. Eu não apenas era tutsi, mas uma *inyenzi*, uma dessas baratas lançadas para fora da Ruanda habitável, talvez para fora do gênero humano. Além disso, logo me senti diferente entre as minhas colegas. Ou melhor, eram elas que, cruelmente, me faziam sentir assim. Faziam-me ter vergonha da cor da minha pele, menos escura do que gostariam, do meu nariz, reto demais, segundo elas, dos meus cabelos, muito volumosos. Eram sobretudo os meus cabelos que me davam mais preocupação. Eram etíopes, ao que parece, *irende*, característica que elas atribuíam às *inyenzis*. Eu levava um tempo molhando esses cabelos de *inyenzi*, a fim de reduzi-los a uma pequena bola, apertada como uma esponja. Em geral, me conformava em raspá-los. Ficava com pena; apesar das gozações, eu gostava dos meus cabelos.

Fomos divididas em equipes que, alternadamente, lavavam a louça, limpavam o refeitório ou os dormitórios. A chefe de equipe era sempre uma menina do terceiro ano. Minha chefe de equipe chamava-se Pascasie. Eu era a única tutsi do grupo. Pascasie e as outras me pegaram para vítima. Era em cima de mim que recaíam todas as tarefas. Aliás, eu já tinha entendido que não devia esperar ordens. Eu me apresentava voluntariamente para cumpri-las. Como havia dito o burgomestre de Nyamata, os tutsis não tinham mais o direito ao orgulho.

Cada equipe comia em uma mesma mesa. Para mim, a refeição era o momento mais difícil do dia. Eu teria desejado mil vezes não precisar me alimentar. Assim que a hora da refeição se aproximava, sentia a angústia apertando a minha garganta. Entrávamos no refeitório em silêncio. Depois de uma prece, sentávamo-nos em silêncio. Uma sineta dava o sinal para se começar a comer e a permissão de falar. Todas as meninas começavam a conversar, mas ninguém se dirigia a mim. Eu percebia seus olhares pesando sobre mim, fazendo-me compreender que eu jamais deveria estar lá, que minha presença lhes era repugnante, que elas eram obrigadas a coabitar e, pior ainda, a comer com uma *inyenzi*, uma barata. Resignei-me a sempre me servir por último, e quando tinha bananas ou batatas-doces, quando chegava a minha vez já não restava nada, e eu tinha que me contentar com feijões cheios de carunchos, que ninguém queria tocar.

E eu aceitava, no lugar das outras, descascar as batatas-doces, lavar a louça, limpar os banheiros. Não me revoltava, mesmo que chorasse escondida. Achava aquilo quase normal. Uma estranha maldição pesava sobre mim. Eu era tutsi. E, pior ainda, vinha de Nyamata, era uma *inyenzi*. Jamais deveria estar ali, no liceu Notre Dame de Cîteaux. Era um erro, um momento de distração daqueles que nos haviam jogado para fora da comunidade ruandesa, do povo majoritário.

Eu também mostrava uma solicitude exagerada. Na missa, ficava no primeiro banco e era a primeira a me confessar. Ninguém podia me recriminar por nada. Estava convencida de que meus bons resultados eram minha única proteção.

Tenho a impressão de que nunca dormi durante esses três anos no liceu. Em casa, as noites eram curtas, mas no liceu não havia noite. As poucas alunas tutsis sabiam, assim como eu, que era preciso estar entre as melhores. Para isso, trabalhavam noite e dia, sobretudo à noite. Depois do jantar, tocava-se o sino. Íamos para o dormitório. Na entrada, lavávamos os pés, depois nos colocávamos em frente aos beliches. Tocava-se o sino. Ajoelhávamo-nos. Rezávamos. Tocava-se o sino. Dobrávamos a colcha de cima. Entrávamos na cama. Ao me enfiar sob a colcha, eu tomava mil precauções para que não percebessem que eu só tinha um lençol. A supervisora ainda fazia algumas rondas para dar fim às conversas. As luzes eram apagadas.

Mas nós, tutsis, aguardávamos. Esperávamos que todas as nossas colegas estivessem profundamente adormecidas, que não houvesse mais ninguém que fosse ao banheiro, que as irmãs estivessem definitivamente distantes. Então, Agnès, que estava no terceiro ano, agitava o tecido verde que servia de colcha de cima para todas. Era o sinal. Saltávamos da cama com muita precaução. Envolvíamo-nos na colcha, que nos protegeria do frio noturno, e seguíamos Agnès, que era miudinha, e cuja colcha arrastava-se pelo chão – por isso a chamávamos de monsenhor. O desfile silencioso desembocava no banheiro, único local onde uma luz noturna ficava acesa a noite toda. Fechávamos a porta com cuidado, e uma de nós se sentava de modo a travá-la, para o caso de alguém aparecer. Tínhamos nossa sala de estudo noturna. Muitas vezes, estudávamos e fazíamos nossas lições até o amanhecer. Tudo o que aprendi no Notre Dame de Cîteaux, aprendi nos banheiros.

Os professores pareciam aderir plenamente ao sistema vigente. A maior parte era belga, menos o professor de francês, que era francês, e a professora de inglês, que era inglesa. A única ruandesa era a professora de kinyarwanda, Vitória, uma tutsi. Em todo caso, era preciso desconfiar dos professores. As veteranas, desde a nossa chegada, tinham nos advertido, nos contando a história de Sylvia. Sylvia era de Nyamata. Em uma redação – eu nunca soube qual era o tema –, ela teve o infortúnio de aludir aos desterrados de Nyamata e de pedir mais justiça para eles. Contava-se que o texto foi logo transmitido à superiora, irmã Béatrice. E Sylvia foi expulsa. Era melhor dizer que Ruanda era o país abençoado por Deus, como sustentavam os bons padres. Foi Kayibanda quem instaurou um pequeno paraíso no coração da África. A sala de espera do céu. Antes dele, só havia trevas e barbárie. Eu aprendia de cor as ilhas e cidades do Japão: Hokkaido, Nagasaki, Yokohama... Isso lembrava o kinyarwanda.

*

O primeiro ano foi o mais difícil, mas, pouco a pouco, a quarentena onde tinham me colocado ficou um pouco mais flexível. Uma menina do terceiro ano, Immaculée Nyirabyago, que mais tarde se casou com um ministro de Habyarimana, tomou-me sob sua proteção. Ela era de Kigali, uma verdadeira menina da cidade!

Diziam que seu pai era tutsi (sua mãe era hutu), mas ela era, pode-se dizer, uma menina "moderna". Atraía todas as simpatias, tanto das colegas como dos professores. Ao seu redor, formou-se um pequeno bando, no qual estavam todas as filhas de ministros, de diretores executivos, de pessoas importantes. Também havia Assumpta, filha do presidente Kayibanda.

É preciso dizer que, para ganhar a proteção – senão a amizade – de Immaculée, eu não media esforços, estava a seu serviço. Arriscando-me a ser expulsa, eu escapava do liceu para ir até o mercado comprar açúcar para ela.

No café da manhã, o leite muito aguado, fornecido pelo PAM (Programa Alimentar Mundial), não era açucarado. Era preciso se virar para encontrar açúcar. Então, aquelas que tinham dinheiro aproveitavam o tempo livre, entre o fim da refeição e a retomada das aulas, para ir discretamente até o mercado e comprá-lo. Immaculée tinha prometido me dar um pouco, se eu fosse até lá em seu lugar. Assim, eu ia até o mercado, não tanto pelo açúcar, mas para conservar sua "amizade".

Naquela época, que devia ser 1971, havia obras sendo feitas entre o liceu e o mercado. Havia ali grandes montes de terra. Bastava subir em um monte e se deixar escorregar para chegar do outro lado, em pleno mercado. Um verdadeiro tobogã! Eu levava o açúcar, morrendo de medo de ser surpreendida pela irmã Kisito, a impiedosa supervisora, mas orgulhosa da minha façanha, que reforçava meus vínculos com minha protetora.

Sob a alta proteção de Immaculée, às vezes eu era aceita no pequeno grupo de meninas privilegiadas. É claro que eu não ficava verdadeiramente integrada, e não me sentia à vontade entre elas. Ainda que usássemos o mesmo uniforme, a distância entre mim e elas continuava intransponível. Elas saíam do liceu quando queriam, nunca tinham pressa de entrar na classe, não tinham medo de contestar os professores. Ninguém lhes dizia nada. E, sobretudo, elas tinham sapatos, e algumas, de salto alto! Eu tinha os pés nus. Foi apenas no final do terceiro ano, mentindo sobre a taxa escolar, que pude comprar uns *kambambili*, o que em francês chama-se, ao que parece, *tongs*, chinelo de dedo, meu primeiro calçado!

A atitude das amigas de Immaculée em relação a mim era muito ambígua. Muitas tinham mães tutsis, esposas que foram forçadas a se casar com homens no poder. Logicamente, elas eram hutu, já que o pai era hutu. Mas daria para dizer que tinham necessidade de se livrar dessa mancha original: ter uma mãe tutsi. Frequentemente, elas também se supervalorizavam, no desprezo e na maldade em relação a suas colegas tutsis. Mas às vezes, pelo contrário, pareciam querer aproximar-se delas, e estabelecer os elos de uma estranha cumplicidade. Foi assim que um dia fui comer massa de mandioca na casa de Kayibanda.

Nas tardes de domingo, podíamos sair do liceu. Em geral eu não aproveitava a permissão e ficava trabalhando no liceu. Mas algumas vezes, por insistência de Immaculée, acompanhava o pequeno grupo que ia comer na casa de uma ou outra. A massa de mandioca era considerada uma iguaria "civilizada" por excelência, que só se comia na cidade, um pouco como o champanhe na França. Assumpta, assim como as outras, de tempos em tempos convidava para ir à casa de seu pai, o presidente. Até hoje me pergunto por que Immaculée e suas amigas me arrastaram até lá. Seria por diversão, por desafio, para me humilhar? Fiquei insegura, afinal, era preciso ultrapassar as barreiras militares que guardavam a residência presidencial. No entanto, não me diferenciava das outras, nem pelos traços, nem pelo tamanho. Mas pensava o tempo todo nos meus cabelos. Estava convencida de que eles iriam me denunciar, que por causa deles os soldados iriam me prender. Contudo, passei sem dificuldade em meio ao grupo de meninas que os militares cumprimentaram amigavelmente, e me vi na cozinha do presidente da República. "Não mexa em nada", diziam minhas colegas, "principalmente, não vá até a sala. O presidente não pode te ver". Comi a massa de mandioca na cozinha. Se Viridiana, a esposa do presidente, aparecesse, não seria grave, ela era uma tutsi.

*

Em seguida vieram as férias, a alegria de reencontrar a família, a festa que Gitagata organizaria para o retorno de seus "intelectuais". Eu dançaria com as meninas que ficaram na aldeia. Adorava dançar! Elas me contariam, rindo, as fofocas da aldeia, e eu, as novidades da cidade. Retomaria a enxada ao lado da minha mãe, não faltaria à colheita do sorgo. Mas antes de tudo isso, havia uma provação terrível: a travessia da grande ponte sobre o Nyabarongo.

Então, no primeiro dia das férias, partimos todas juntas, as três ou quatro meninas de Nyamata. Corríamos, era preciso chegar antes do anoitecer. Às vezes, quando éramos liberadas apenas depois do almoço, não passávamos pela estrada principal, por Kicukiro. Pegávamos um atalho que levava diretamente a Gahanga. Mas era preciso passar diante do acampamento militar. Se os soldados nos pedissem a ficha de dados, não se sabia o que poderia acontecer. Sendo assim, tomávamos mil precauções, tentando passar sem nos fazer notar. Depois, nos enfiávamos no vale, subíamos a colina de Mburabuturo, corríamos, corríamos, precipitávamo-nos pela encosta do Gahanga em direção ao vale do Nyabarongo, e divisávamos a grande ponte de ferro, a água avermelhada, os papiros dos pântanos. Também divisávamos, à entrada da ponte, a barreira e os militares, esparramados em suas cadeiras, fuzil entre as pernas, garrafas de cerveja cobrindo o chão à volta deles.

Eles nos tinham visto chegar. Sabiam bem quem éramos, as *inyenzis* de Nyamata. Tínhamos dissimulado bem nossos cabelos, diminuído o volume: estavam esperando por nós. Não tínhamos mais coragem de prosseguir, mas era preciso atravessar a ponte. Os militares já se divertiam aos nos ver chegar como que recuando. Gritavam: "As *inyenzis*, baixem a cabeça, não mostrem o rosto para nós, nem o nariz, não queremos ver isso, principalmente não olhem no nosso rosto, aproximem-se, mas baixem a cabeça, lembrem-se que são *inyenzis*".

Estendíamos os documentos para eles, e tinha início a sessão de humilhação. De acordo com o humor, ou a fantasia deles, nos cuspiam no rosto, atingiam-nos com a bota ou a coronha. Levavam-nos à força à margem do Nyabarongo e nos obrigavam a debruçar sobre a água, cheia de lama avermelhada de sangue: "Olhem bem", gritavam, "é lá que vocês vão terminar, todas as baratas, as *inyenzis*, é lá que vamos jogar vocês".

IX
1971–1973: A ESCOLA DE ASSISTENTES SOCIAIS DE BUTARE, A ILUSÃO DE UMA VIDA NORMAL

No final do primeiro ciclo, havia uma prova que dava acesso tanto às ciências humanas, ou seja, ao segundo ciclo secundário, quanto às escolas profissionais. Cada candidato devia emitir três votos, na ordem de sua preferência; um deles seria deferido, segundo o resultado e a classificação obtidos. Coloquei como primeira opção a escola de assistentes sociais de Butare, e ressaltei que gostaria de deixar de lado a modalidade que durava dois anos, e escolhia a que formava assistentes sociais na modalidade integral, em quatro anos. Todas as minhas amigas caçoaram de mim, dizendo que jamais, mesmo com as minhas notas, eu seria aceita naquela escola. A escola de assistentes sociais de Butare não era para as *inyenzis* de Nyamata.

Mas fui aceita na escola de Butare, na turma de 1971, e no período integral. No primeiro ano, éramos umas trinta. Havia seis tutsis: Aimable, Perpétue, Thérèse, Brigitte, Anasthasie e eu. Mas logo me dei conta de que, ao contrário do que se passava no liceu de Kigali, nem as religiosas que dirigiam o estabelecimento, nem os professores, que em sua maioria eram canadenses, se preocupavam com diferenças "étnicas". O ambiente da escola era descontraído, e as liberdades e o conforto que desfrutavam as alunas eram para mim uma descoberta inusitada. Então, existia, no gueto racista e devoto que era Ruanda, uma ilhota preservada, com a possibilidade de se ter acesso a uma vida normal, unicamente graças ao trabalho de cada um. É claro que, entre nossas colegas hutus, havia as que não apreciavam a presença das tutsis. Algumas nos vigiavam de perto. Tudo o que fazíamos ou dizíamos era relatado a uma aluna do terceiro ano, uma certa Immaculée, apelidada Mastodonte, por causa da sua impressionante corpulência. Ela tinha se autoproclamado comissária política, gabando-se de ser próxima da deputada Mukakayange Angela, ex-aluna da escola. Mas eu não me preocupava nem um pouco com essas delações. Tinha a impressão de que, no interior da escola, estava protegida, minhas boas notas apagariam a menção tutsi em minha ficha de dados, essa escola era a minha chance, graças a ela, a maldição que me perseguia iria, enfim, ser afastada.

É preciso dizer que a escola de assistência social pretendia estar na vanguarda da promoção feminina. As poucas mulheres que se tornavam deputadas ou ministras (sempre havia uma ou duas ministras no governo) saíam dessa escola. De tempos em tempos, essas senhoras importantes faziam-nos uma visita, e algumas dentre nós já se deviam imaginar na tribuna presidencial no dia da festa nacional.

Mas o currículo não nos preparava nem para a política, nem para a vida mundana. A ideia era fazer de nós verdadeiras agentes do desenvolvimento, capazes de nos adaptar a todos os meios e, acima de tudo, ao meio rural. Assim, aos cursos de francês, de matemática e de inglês, somavam-se numerosos cursos práticos. Havia a marcenaria: a partir de uma tora, devia-se produzir um banco, manuseando com maior ou menor destreza a serra e o martelo. Em zootecnia, não nos limitávamos à teoria; construíamos sozinhas uma coelheira, e íamos alimentar os porcos no chiqueiro. A agricultura era praticada *in loco*; cada aluna era responsável pelo canteiro que lhe era atribuído no vasto jardim da escola. Tínhamos interesse em que nossas sementeiras vingassem, porque eram os legumes que comíamos nas refeições. É preciso reconhecer que estávamos mais bem equipadas do que os camponeses das colinas. Não apenas tínhamos a enxada, como também um sacho, um escardilho, um ancinho... Também havia o carrinho de mão, um equipamento infernal que, carregado de esterco, teimava em ziguezaguear, apesar de todos os meus esforços. A higiene também não era esquecida; havia um professor belga, especializado em latrinas. Sob sua orientação, cavamos a fossa, preparamos o alicerce. Mas as latrinas ficaram inacabadas. O professor levou tempo demais na teoria. Logicamente, nós o apelidamos de sr. Musarane – sr. Latrinas.

Mlle. Barbe, uma francesa, iniciava-nos na cozinha civilizada, cuja base era a maionese. Fiquei especialista em girar o garfo na tigela. Nunca perdi a mão.

Mlle. Barbe resolveu nos iniciar nos mistérios do chucrute. Sem muito espanto, seguimos fielmente suas explicações: cortar os repolhos, colocá-los em um balde, pôr uma pedra em cima para comprimir bem. Mas eu me revoltava quando era preciso derrubar no balde uma garrafa de cerveja, uma garrafa de Primus, essa bebida inacessível que o dinheiro da colheita do café não permitia comprar, que só dávamos a quem estivesse muito doente, em último caso. Contendo as lágrimas, eu derrubava a cerveja que tanto gostaria de desviar para o meu pai. Mas era impossível. Mlle. Barbe seguia sua receita sem dó. Em seguida, era preciso vigiar a fermentação, experimentar o repolho. Mlle. Barbe engolia-o, nós cuspíamos. Enfim, chegava o grande dia. O chucrute estava pronto. Todas as meninas recusaram-se a tocá-lo. Mlle. Barbe, dando o exemplo, encheu um prato inteiro e comeu com apetite. Durante oito dias, não a vimos. Algumas queriam visitá-la em seu quartinho. Disseram que não era possível, que ela estava doente. Não ousávamos cair na risada.

Sempre conservei o sentimento de que foi em Butare que recebi o melhor da minha formação, que me permitiu, em seguida, me adaptar a qualquer lugar, tanto no Burundi, entre os camponeses hutus, quanto na França, em minha profissão de assistente social.

*

Uma atmosfera insólita de liberdade reinava no interior da escola. Uma religiosa, irmã Capito, estava ali para o que fosse preciso. Era idosa, mas transbordava energia e ideias. Introduziu inovações que escandalizavam uma Ruanda onde o regime e a Igreja impunham o conservadorismo mais mesquinho. Assim, o refeitório e os dormitórios eram sonorizados, mas os alto-falantes não difundiam cânticos à Virgem, nem hinos à glória de Kayibanda, e sim canções de Claude François, Adamo, Nana Mouskouri, que nos acompanhavam o dia todo. *Si j'avais um marteau* era nosso despertador matinal. No dormitório, as camas eram separadas por biombos e, pela primeira vez na minha vida, assim como para a maior parte das minhas colegas, descobri as vantagens de certa intimidade.

Toda manhã, uma delegação de alunas ia estabelecer com a responsável pela cozinha as possibilidades do menu. Não era como em Kigali, o mingau cheio de carunchos, mas as bananas, os legumes, os frutos do nosso jardim. No café da manhã, no lugar de manteiga, tínhamos banha. Esperávamos a manhã com impaciência para nos deliciar com tortinhas escorrendo de gordura untuosa.

Para as saídas, ou as festas nacionais, usávamos um uniforme de gala que nos fazia sobressair especialmente nos desfiles. Era justo, e os galões destacavam a audácia do decote. Não podia haver engano, a elite feminina do país éramos nós, as meninas da escola de assistência social!

Uma iniciativa particularmente penosa da irmã Capito nos fazia cuidar das cabras – *ihene* –, animal símbolo da sem-vergonhice e do despudor para os conservadores e ciumentos de Butare.

Nas tardes de domingo, das duas às quatro, era permitido aos meninos do grupo escolar, que ficava a pouca distância da nossa escola, nos visitar. Ah! logicamente a visita era bem regrada. Acontecia no jardim. Tínhamos uns bancos colocados sob as primaveras. Duas meninas por banco. As duas não deveriam receber além de um único menino. Aguardavam debaixo das primaveras. Os meninos esperavam na cancela, sem se atrever a avançar. Ficavam atrás dela, olhando-nos sob as primaveras. As meninas do quarto ano eram, sem dúvida, mais ousadas; iam buscar os meninos. Mas nós, do primeiro, não nos mexíamos. Nunca conseguimos fazer nem um menino sequer se aproximar. Ficávamos ali, sob as primaveras.

Eu também tinha, juntamente com minhas colegas tutsis, outro objetivo na saída. Íamos visitar a rainha Gicanda, viúva do rei Mutara Rudahigwa, morto misteriosamente em Bujumbura, em 1959. Era preciso prestar atenção para não ser seguida. Tomávamos mil precauções. No começo, íamos até lá por curiosidade. Eu tinha um pretexto. Duas de suas tias estavam em Nyamata. Eu lhe levava notícias. Assim como nós, Nyirakigwene e Nyiramasuka tinham sido deportadas para Nyamata. Não haviam perdido nem um pouco de sua dignidade real. Em frente à sua pobre choça de metal, ficavam sentadas frente a frente, majestosas. Estavam sempre penteadas com um diadema de pérolas brancas e vestidas com suas cangas imaculadas. Recebiam com nobre benevolência os visitantes que se sentavam sobre as esteiras dispostas como na corte. Quase não se lhes dirigia a palavra. Bastava contemplá-las. Elas jamais foram pessoalmente buscar água ou lenha. Disputava-se a honra de servi-las. Mesmo os hutus. Gicanda recebia-nos como uma boa mãe. Dava-nos leite para beber. Transportávamo-nos para um outro mundo. O que não tínhamos conhecido.

Em 1994, a velha dama foi vítima de violência. Não direi como ela foi humilhada, violentada, torturada. Só quero me lembrar daquela que nos dava leite, Gicanda, rainha de belo rosto.

X
1973: EXPULSA DA ESCOLA, EXPULSA DE RUANDA

Voltando de férias em 1972, logo constatei que o clima tinha mudado. Nossa diretora, Béatrice, que apelidávamos de Nyiramusambi, a "grua coroada", por causa do seu pescoço longo, tinha sido substituída por um novo diretor. Ele se opunha com violência às audácias da irmã Capito, e quis fazer reinar a ordem moral que era a norma sombria e hipócrita da Ruanda muito cristã: nada de música, nada de encontros com meninos. No dia em que me surpreendeu cantarolando uma música de Nana Mouskouri, obrigou-me a cantá-la perante todas as minhas colegas. Fiquei morta de vergonha.

Entre as novas professoras, havia refugiadas do Burundi, expulsas pelos acontecimentos sangrentos de maio de 1972. Elas avivavam, caso fosse preciso, as tensões que se percebiam crescentes. Nós, tutsis, tínhamos desenvolvido antenas particularmente precisas para detectar os sinais precursores e o acúmulo inexorável das ameaças. Logo percebemos que a Mastodonte e sua célula política já não compareciam às aulas. Víamos que iam e vinham pelos corredores, cochichando longamente entre elas e assumindo ares de importância. Frequentavam assiduamente Immaculée, uma das refugiadas burundianas, e iam constantemente à bela casa amarela, atrás do correio, que lhe tinha sido designada. Os conciliábulos prosseguiam, tarde da noite, sobre o grande terreno vazio que separava a escola do bosque de eucaliptos. Sabíamos que alguma coisa estava sendo preparada, que algo iria acontecer, que as visadas éramos nós, as alunas tutsis.

Uma tarde, durante a aula de matemática, ao que me parece, ouvimos um grande estrondo. Era o portão da entrada principal que caía e, quase ao mesmo tempo, duas colegas tutsis do último ano abriram a porta da classe, gritando: "Mukasonga! Mukasonga! Corra!". Sem pensar, precipitamo-nos pelo corredor. Atrás de nós, havia esse rumor de multidão vindo em nossa perseguição, como treze anos antes, em Magi, esse rumor que avança até mim, que escuto até hoje, que me persegue em meus pesadelos.

Atravessamos o terreno vazio. Não sei como, passamos pelo arame farpado da cerca e nos escondemos no bosque de eucaliptos que separava a escola da estrada de Gikongoro. Do nosso esconderijo, vimos passar nossas colegas que lideravam os meninos do grupo escolar, gritando: "As *inyenzis*, é o fim delas, desta vez elas vão se ver com a gente!".

Ao cair da noite, cada uma de nós tentou achar um refúgio mais seguro. Da minha parte, eu tinha Gasana, irmão da minha madrinha Angelina, que morava no Butare. Ele trabalhava no Instituto Pedagógico Nacional, onde ficava alojado com sua irmã Margot, funcionária da universidade. Constantemente eu ia até lá comer massa de mandioca. Eles me acolheram, e não sei como conseguiram prevenir minha irmã Alexia, professora da escola protestante de Kigeme, em Gikongoro. Nem pensar em ir a Nyamata. Parecia perigoso demais. Sem dúvida haveria barreiras na estrada, e já não sabíamos o que acontecia por lá.

Alexia veio me buscar. Não me lembro mais como fomos a Kigeme. Mas ali a situação também era explosiva. Alexia, já ameaçada, não podia me abrigar em sua casa. Uma colega sua – pelo que me lembro, seu nome era Angèle – aceitou me esconder na casa da sua família. Ela era uma tutsi, casada com um deputado hutu. Logicamente, o dono da casa não foi posto a par da minha presença. As esposas tutsis de personalidades hutus com frequência protegiam dessa maneira os membros de sua família, introduzindo-os discretamente em suas casas. Tentei, portanto, me fundir no grupo numeroso de empregadas que se esfalfavam normalmente nos quintais dos fundos das grandes casas ruandesas. Uma empregada a mais ou a menos, quem repararia? Em caso de perigo urgente, eu me enfiava debaixo de uma cama, e às vezes ficava ali o dia todo. Vivia como um rato.

Sempre me perguntei como foi que Angèle conseguiu convencer o marido a me levar a Kigali. Será que ele se apiedou de mim? Será que o deputado teve medo de ser perturbado por ter escondido, mesmo contra a vontade, uma *inyenzi* sob seu teto? Seja como for, foi no porta-malas do carro do deputado hutu que cheguei a Kigali. Fui deixada na administração das missões, onde encontrei um padre de Nyamata que me levou até a paróquia.

*

Na estrada de Gitagata, todo mundo veio correndo até mim, chorando. Em todos os lábios havia um nome: "Régis! Régis!". Era o nome de um vizinho, um dos filhos de Kagango, o escultor que dava às bengalas belas cabeças femininas. Régis e eu tínhamos frequentado as mesmas classes na escola primária. Depois, ele tinha partido para o pequeno seminário de Kabgayi. À medida que eu avançava, ia descobrindo, aos poucos, seu horrível fim. Lá, como em outros lugares, sob os olhos dos missionários que ensinavam os seminaristas, os alunos hutus atiraram-se sobre seus colegas tutsis. Régis conseguiu fugir, mas cometeu a imprudência de seguir a estrada principal de Kigali. Os seminaristas hutus tinham-no capturado e o levado a Kabgayi. Lá, rasparam-no com pedaços de vidro e o mataram a pedradas. Ao longo de toda a estrada, fui acompanhada por um lamento interminável: "Régis! Régis!".

Desde que cheguei em casa, fui proibida de sair. Meus pais, mais do que nunca, permaneceram em silêncio. Era como se as paredes tivessem olhos e ouvidos. Evitava-se até conversar com os vizinhos mais próximos, aqueles com os quais dividia-se tudo. Como repetia minha mãe, não devíamos fazer *meetings*. Abaixávamos a chapa da entrada bem antes do cair da noite. Falávamos em voz baixa.

André, professor na escola secundária de Shyogwe, e alguns dias depois Alexia, conseguiram juntar-se a nós em casa. Toda a família estava sã e salva. Os pais podiam expor o grande projeto.

Alexia, André e eu tínhamos tido o azar de ir à escola. Devíamos partir para o Burundi. Ruanda passara a ser perigosa demais para nós. Se conseguíramos escapar, dessa vez, iam acabar nos matando. Talvez amanhã.

André era particularmente indesejável em Nyamata. Tivera o azar, no colégio de Zaza, de ser colega do futuro burgomestre de Nyamata, Fidèle Rwambuka, um umugesera. Os dois percorriam o longo caminho até Zaza. Era longe, em Gisaka, na fronteira com a Tanzânia. Fidèle, o maior, tinha tomado André sob sua proteção. Ajudava-o a levar sua mala, e às vezes chegava a levá-lo nas costas. Na volta para as férias, fazia um desvio para deixá-lo em casa. Minha mãe não poupava elogios a Fidèle, esse menino tão gentil e atencioso! No momento, Fidèle Rwambuka era burgomestre da comuna Kanzenze, segundo a denominação oficial de Nyamata. Era melhor esquecer sua antiga camaradagem com um tutsi.

Só nos restava partir. No Burundi, teríamos, sem dúvida, uma chance de continuar os estudos, encontrar um trabalho. E, sobretudo – os pais não sabiam como dizê-lo –, era preciso que, ao menos, alguns sobrevivessem, conservassem a memória, para que a família pudesse continuar em outro lugar.

Tínhamos sido escolhidos para sobreviver.

Discutimos por muito tempo para saber quem deveria partir. Julienne queria ir conosco. Ela era muito pequena, era perigoso demais. Mais tarde, ela se juntaria a nós. Mas não se podia deixar os pais sozinhos. Eles tinham investido tudo nos estudos dos filhos para tirar a família da miséria, acreditavam que o sucesso escolar era uma maneira de contornar a maldição étnica. Nosso irmão mais velho, Antoine, tinha abandonado a escola para ficar ao lado dos pais nos primeiros anos em Nyamata. André e Alexia decidiram que era hora de um deles ficar para sustentar os pais. Alexia escolheu ficar. André e eu pegaríamos o caminho do Burundi.

*

Para nos guiar até a fronteira, contávamos com Antoine. Ele trabalhava como jardineiro no Instituto Agronômico de Karama. Só vinha em casa no sábado à noite. Fazia o percurso de bicicleta. Naquele sábado, nos reunimos em volta da jarra de sorgo que minha mãe sempre preparava para a volta do seu filho mais velho. Antoine disse-nos que conhecia mal a *brousse*. Com sua bicicleta, contentava-se em seguir as estradas, mas seu amigo Froduald, do qual já falei, empregado no projeto de erradicação da mosca tsé-tsé, era o mais indicado para nos fazer passar para o Burundi. Froduald era como seu irmão, Antoine tinha certeza de que ele não recusaria. E, de fato, Froduald aceitou.

O dia marcado para a partida chegou bem rápido. Deveríamos partir no meio da noite, assim que tivéssemos certeza de que toda a vizinhança estivesse dormindo. Não que temêssemos ser denunciados, mas, se os vizinhos nos vissem partir, muitos iriam querer juntar-se a nós. Partir em grupo era impossível, correríamos o risco de ser logo vistos pelas patrulhas militares de Gako, e poderíamos temer represálias contra os que ficavam.

Com seu primeiro pagamento, meu irmão tinha comprado um pequeno toca-fitas. Era seu orgulho. Quando punha as fitas, todos os vizinhos apareciam, cantavam, dançavam. Eu me lembro que tinha uma música que era repetida o tempo todo. Guardei um pouco do refrão: *Pour la fin du monde, prends ta valise, prends dans ta valise une simple chemise...* (Para o fim do mundo, pegue sua mala, ponha dentro dela uma simples camisa...) Essa canção era para nós; também para nós era um pouco o fim do mundo, mas partíamos sem mala.

Depois que os vizinhos voltaram para suas casas, fechamos a porta e fingimos dormir. Froduald chegou. Meu pai rezava o terço, fazia a volta do bananal atrás da casa, desfiando alguns Salve Rainha... Minha mãe, que de hábito recusava-se a se juntar à procissão, desta vez o seguia. Também acho que os acompanhei.

Era chegada a hora de partir. Seria preciso alcançar à fronteira antes do amanhecer. Froduald tinha dito que precisávamos andar depressa. Não era a bagagem que iria nos estorvar. André, além do saquinho de tecido que continha sua camisa e seu short, levava seus dois tesouros: seu diploma, que tinha enrolado com cuidado em um estojo de plástico, e o toca-fitas. Eu só tinha as roupas do corpo. Na minha fuga, tinha abandonado a mala de papelão no Butare. Só consegui salvar os velhos sapatos de salto alto que Immaculée me dera no liceu. Gostava tanto deles que, imprudentemente, os calcei para ter certeza de não os perder. Meu pai tinha me confiado seu bem mais precioso, a joia da casa, a garrafa de Bénédictine. O frasco real, um pouco estragado, nos serviria de cantil durante a viagem.

Antoine acompanhou-nos até o fim do campo e, sob uma pancada de chuva, afundamos na noite. A chuva favorecia-nos bastante; havia pouca chance de que os militares de Gako se arriscassem a patrulhar sob tal dilúvio. Froduald não hesitava, a *brousse* não tinha segredos para ele. À nossa volta, havia a barulheira habitual da savana: voos de pássaros, miados, galopadas... Uma massa mais escura que eu tinha tomado por uma colina começou a se mexer de súbito; era um casal de elefantes que perambulava majestosamente. "Rápido, rápido", repetia sem cessar Froduald. Eu mancava o mais rápido que podia atrás dos meus dois companheiros. O salto de um dos meus sapatos tinha quebrado. Era difícil abrir caminho no matagal denso. Os espinhos arranhavam minhas mãos, o rosto e os pés. O dia nascia. O sol atravessou por um instante as nuvens volumosas. Só havia espinheiros a perder de vista. "Aqui está", disse Froduald, "vocês chegaram. Estamos no Burundi. Continuem sempre à direita, que vão acabar chegando em Kirundo".

Abraçamo-nos em lágrimas. Froduald refez seu caminho. Ele não foi morto naquela manhã, foi morto vinte anos mais tarde.

XI
1973: REFUGIADA NO BURUNDI

Esperávamos chegar rapidamente em Kirundo, a primeira aglomeração burundiana depois da fronteira, mas entre a fronteira e essa cidade estende-se, como no lado ruandês, uma zona desabitada, onde é difícil se orientar. Tínhamos medo de andar em círculo ou, sem perceber, fazer o caminho de volta. Depois de errarmos por muito tempo, esgotados e eu mancando cada vez mais devagar atrás do meu irmão, juntamo-nos a um grupo de refugiados que, segundo eles, vinham do Butare. Depois, acabamos por encontrar uns burundeses que, vendo quem éramos, disseram para irmos atrás deles. Levaram-nos a um vasto acampamento. Tinham derrubado um bananal e construído um grande abrigo coberto de folhas, sob o qual se amontoavam os refugiados. Eram jovens como nós. Estavam entorpecidos de frio e molhados até os ossos, porque a cobertura de folhas mal protegia da chuva torrencial. Entre eles estava Gasana, o irmão da minha madrinha, em cuja casa eu tinha encontrado abrigo em Butare. Ele nos arrumou um lugar ao seu lado, e desmoronei de cansaço sobre as folhas que serviam de cama.

Ficamos ali alguns dias. A chuva não parava. Estávamos cobertos de lama. A única coisa que havia para comer eram bananas verdes. Dos arbustos à nossa volta, subia um cheiro infecto. Mas estávamos felizes. Pelo menos, com toda nossa lama e nosso fedor, não nos matariam mais. Era como se tivéssemos ganhado uma batalha: sobrevivíamos. E era verdade; talvez não tivéssemos uma consciência clara disso, mas já éramos sobreviventes.

As autoridades burundesas nos conduziram, enfim, para Kirundo. Os funcionários e os estudantes foram abrigados no único hotel da localidade, o Auberge du Nord, na casa de Murara, um ruandês. Ele e suas filhas fizeram todo o possível para acolher o melhor que pudessem seus pobres compatriotas. Éramos uma dezena por quarto. Comíamos bem. A família Murara era extremamente atenciosa. Eu poderia achar que estava de férias. Isso durou cerca de duas semanas. Depois, alguns caminhões vieram nos buscar para nos levar a Bujumbura. Fomos colocados em um acampamento instalado na entrada do bairro de Bwiza. Desta vez, éramos mesmo refugiados.

O acampamento parecia ser mais ou menos controlado por Rukeba, o famoso *inyenzi*, o hutu fiel ao rei. Ele o percorria em todos os sentidos, tomando nota nos grandes livros de registro que sempre levava consigo; pretendia distinguir os tutsis autênticos dos que não o eram. Ia desmascarar os traidores que estavam infiltrados entre nós. Os outros, os verdadeiros tutsis, queria alistá-los e organizá-los para serem reconduzidos de volta para casa. Seus discursos ativistas não faziam o menor sucesso entre os novos exilados. Era nos estudos que pensávamos encontrar refúgio e, talvez, mais tarde, nossa revanche. Deveríamos prosseguir nos estudos, custasse o que custasse.

Os refugiados tinham sido abrigados em barracões, sem dúvida antigos entrepostos desativados. As condições de higiene eram lamentáveis. A disenteria fazia devastações, chegava-se a falar em cólera. Por causa disso, André, juntamente com cinco colegas, decidiu alugar um quarto no bairro de Bwiza. Reuniram o pouco dinheiro que cada um havia trazido consigo. Minha mãe tinha-nos dado o que havia economizado com a venda de amendoins e bananas. Sempre havia, em alguma parte da casa, uma pobre reserva que minha mãe guardava para os imprevistos. Escondia as moedas e algumas notas amassadas em um buraquinho cavado debaixo de sua cama. Era sua mania. Em 1994, depois de matá-la, ao destruir a casa, os assassinos devem ter se apossado de suas magras economias, a menos que com esse pouco dinheiro ela tenha tentado comprar a vida dos netos, os filhos de Antoine, que morava nas proximidades.

Éramos doze no pequeno cômodo que tínhamos alugado: seis meninos, seis meninas. Cada um dos amigos de André tinha fugido, assim como ele, com uma das irmãs. De qualquer modo, o dinheiro logo acabou e tivemos que deixar rapidamente o nosso quarto. Felizmente para nós, as autoridades burundesas revelaram-se acolhedoras e generosas em relação aos refugiados ruandeses. Os professores que se dispuseram logo conseguiram emprego, e os estudantes foram integrados sem grandes formalidades no currículo escolar burundês. Alguns aproveitaram para retomar os estudos que tinham sido obrigados a interromper. André fez as diligências necessárias e foi nomeado professor no pequeno seminário de Muyinga, a leste do país. Eu entrei na escola de assistência social de Gitega. Depois de passar num exame, fui admitida no terceiro ano.

*

André e eu estávamos sós. Não tínhamos nenhuma família no Burundi, poucos conhecidos. Os ruandeses estabelecidos desde os anos 1960 acolhiam-nos com certa resistência. Para eles, chegávamos bem tarde. Tínhamos que nos virar sem contar com ninguém. Estabelecemos, então, o seguinte plano: meu irmão tinha decidido continuar seus estudos. Sempre tinha sonhado ser médico. Aquilo que, em Ruanda, era impossível, talvez fosse realizável no Burundi. Mas antes era preciso que eu obtivesse meu diploma de assistente social e encontrasse trabalho. Enquanto eu estivesse na escola, André trabalharia para garantir nosso sustento e pagar meus estudos. Quando eu terminasse e tivesse encontrado trabalho, tivesse autonomia, ele retomaria seus estudos, e seria minha vez de ajudá-lo.

Seguimos fielmente o nosso plano. Eu só pensava em estudar, em me sair bem, para que André pudesse, por sua vez, retomar seus estudos. Éramos cinco ruandesas na escola, certamente inseparáveis, mas minhas colegas hutus, cujas famílias tinham sido atingidas pelos massacres de 1972, vinham até mim voluntariamente. Nós nos considerávamos vítimas da mesma loucura "étnica". Aquilo nos aproximava. O mesmo acontecia com as camponesas com quem eu praticava as atividades rurais. Fui bem acolhida pelas viúvas; elas só viam em mim uma exilada infeliz, perseguida pela mesma fatalidade implacável que, tanto em Ruanda, quanto no Burundi, tinha se abatido sobre nossos dois povos e os levado, sem que nós mulheres pudéssemos nos opor, às profundezas do horror.

Obtive meu diploma de assistente social em junho de 1975. Em outubro, meu irmão inscreveu-se na faculdade de medicina de Bujumbura, que estava em seus primórdios. Os estudantes cursavam ali os dois primeiros anos; em seguida, os melhores, depois de um concurso bem seletivo, iam terminar seus estudos em Dakar. André fez parte daqueles que conseguiram o bilhete para o Senegal. Lá, ele terminou seus estudos de medicina, acumulou as especializações. Os estudos eram um grande refúgio para quem tinha a oportunidade de continuá-los.

Fui contratada para um projeto de desenvolvimento rural da Unicef, que se daria na província de Gitega. O projeto pretendia combater a má nutrição infantil. Tratava de iniciar as mulheres nas horticulturas e na cultura da soja, rica em proteínas. Eu formava ativistas rurais que reagrupavam ao seu redor mulheres da sua vizinhança, decididas a melhorar sua própria condição e a condição de seus filhos. Adorava esse trabalho nas colinas. Escolhi uma grande árvore que denominei pomposamente de centro de atividades, ao pé da qual as mamães vinham com seus bebês. Desenrolava minha canga com motivos do Zaire e a amarrava sobre o meu jeans. Irmã Mariette, diretora da escola de Gitega, havia me ensinado que era preciso estar o mais próximo possível do público. Cumprimentava o pequeno grupo reunido ao meu redor, segundo a educação, repetindo três vezes: *Tugire amahoro* – "tenhamos a paz". Dispunha sobre a relva meu material pedagógico, grandes fichas emprestadas pelo centro de saúde de Gitega. Lá eram mostradas, por exemplo, uma criança raquítica mastigando uma batata-doce, enquanto outra, rechonchuda e bochechuda, sorria em frente a um prato fumegante de feijões cobertos de molho de soja. Em seguida, passava-se à aplicação prática. Agrupávamos os produtos e utensílios que as mulheres tinham trazido. A eles, eu juntava os meus: farinha, óleo de soja, leite em pó. Cozinhávamos segundo os princípios que eu havia exposto longamente, e que apareciam ilustrados nas imagens que fascinavam a minha plateia. A atividade logo se transformava em um grande piquenique, que assumia ares de festa na aldeia. Havia até homens que se juntavam a nós, sobretudo viúvos. É verdade que tudo era feito para atrair a curiosidade dos aldeões: as imagens, a refeição sobre a relva, o Land Rover e seu chofer. Às vezes, eu convidava uma equipe da Organização Mundial da Saúde, encarregada da vacinação, a se juntar a mim. Era preciso convencer as mães a vacinar seus filhos. Discutíamos isso longamente. Às vezes elas caçoavam do meu jeito ruandês de falar, mas gostavam e confiavam em mim.

Foi nessas colinas de Giheta que conheci Claude, meu marido, um francês. Com uma equipe de pesquisadores burundeses, ele recolhia as tradições que a memória dos antigos conservava. Íamos juntos à casa dos tamborileiros, identificávamos os círculos dos velhos ficus que, tanto no Burundi, quanto em Ruanda, são os vestígios vivos dos grandes cercados de outros tempos.

O projeto da Unicef estava previsto para durar no máximo três anos. Não foi renovado. Os projetos internacionais costumam funcionar desse jeito. Em seguida, trabalhei em um programa do Banco Mundial que abria escolas para acolher jovens rejeitados no sistema escolar. Casei-me. Tive dois filhos. Meu irmão era médico-chefe no hospital de Thiès. Meu marido foi nomeado para Djibouti. A vida parecia me afastar de Ruanda. Para mim, Ruanda já não era nada mais do que uma ferida incurável.

XII
RUANDA: UM PAÍS PROIBIDO

Por muito tempo, não recebi notícias dos meus pais, do meu irmão, das minhas irmãs que tinham ficado em Nyamata. Não havia como lhes escrever. Uma carta vinda do Burundi era sempre considerada suspeita e podia provocar graves problemas a seus destinatários. Eu aguardava com ansiedade os rumores vindos de Ruanda. Pressionava com perguntas aqueles que se arriscavam até lá. Só quando André foi ao Senegal é que ele pôde fazer chegar uma carta a Nyamata, explicando-lhes nossa situação. Aparentemente, a correspondência vinda da África Ocidental não era considerada perigosa.

Certamente foi depois dessa correspondência que meus pais autorizaram Julienne a se juntar a mim. Desde 1973, os alunos de Nyamata não tinham mais acesso ao curso secundário. Os que persistiam em querer continuar seus estudos eram encaminhados às chamadas escolas "complementares". Ali, as meninas aprendiam a costurar, a cozinhar, além de vagas noções de francês. Aquilo, claro, não levava ninguém muito longe e, sobretudo, não conduzia a um emprego. Julienne também queria ter sua chance. Meus pais acabaram se deixando convencer. E foi assim que a vi chegar em Gitega. Algum tempo depois, Jeanne veio juntar-se a nós. Não sei como, tinha conseguido um salvo-conduto. Mas vinha para uma simples visita.

Nunca abandonei o projeto de rever meus pais. Desde minha chegada a Bujumbura, tentava voltar a Ruanda. Com três colegas recentemente exiladas, como eu, fomos até o posto de fronteira de Kanyaru, na estrada principal de Bujumbura a Butare. Achávamos que, talvez, as meninas conseguissem permissão para voltar sem grandes problemas. Os policiais burundeses não viam nenhuma dificuldade em nos deixar passar, mas foram enfáticos quando nos desaconselharam a tentar nossa sorte do outro lado da fronteira. O que acontecia do lado de lá do Kanyaru, eles diziam, não era nada tranquilizador para nós. Resignadas, retomamos o caminho para Bujumbura.

Julienne e eu tínhamos decidido acompanhar Jeanne até Ruanda. Evidentemente, não passaríamos por um posto de fronteira. Para minhas irmãs, uma vez em Ruanda, não haveria problema, pelo menos não mais graves dos que em geral se davam por causa da menção "tutsi" em uma carteira de identidade. Mas eu tinha partido antes dos dezoito anos, por isso não tinha a famosa carteira de identidade nacional e "étnica" que todo ruandês era obrigado a trazer consigo. Ainda assim, esperava me enfiar entre as minhas irmãs, sem me fazer notar muito. Foi praticamente isso o que aconteceu.

Atravessamos a fronteira por uma pequena trilha nos arredores de Kirundo e acabamos pegando uma estrada onde circulava uma multidão considerável que se dirigia ao grande mercado de Ruhuha.

Tomando o cuidado de dissimular, sob uma velha canga suja de lama, tudo aquilo que pudesse nos denunciar como alguém vindo da cidade, misturamo-nos às mulheres que levavam sobre a cabeça cestos cheios de feijão ou de cachos de bananas. Em Ruhuha subimos no bagageiro de uma das caminhonetes Toyota que garantiam a ligação com Nyamata. Mas por mais que tentássemos parecer menores e o mais discretas possível entre as trouxas e os cestos dos outros passageiros, sabíamos que não escaparíamos ao controle de identidade dos militares de Gako.

A caminhonete parou na barreira de Gako, e todos os passageiros estenderam suas carteiras de identidade aos dois militares. Chegou a nossa vez. Fingi procurar meu documento. Ao final de um longo momento de procura cada vez mais nervosa, disse a Jeanne: "Me passe a minha carteira. Está com você". Jeanne me entregou a identidade dela. "Não, esta não é a minha. Não é só porque não sei ler que não reconheço a minha foto". Fui ficando cada vez mais agressiva. Estava pronta para me atirar em cima dela. No começo, os militares acharam graça; depois, cansados de tanta barulheira, acabaram dizendo: "Vamos, chega, vão embora". A barreira de Gako abriu-se, enfim, para nosso grande alívio.

A caminhonete deixa-nos no entroncamento da estrada de Gitagata. Retomo a estrada ladeada de casas e pés de café. Conheço todos os seus moradores.

Tenho vontade de bater em cada porta e dizer: "Sou eu, Mukasonga, eu voltei!", de me jogar em seus braços segundo o ritual longo e caloroso das saudações ruandesas. Mas não é possível. Caminho a uma boa distância das minhas irmãs. Tento disfarçar o meu rosto. Em frente à casa da minha madrinha, apresso o passo. Não posso ser reconhecida. Seria muito perigoso para todos de Gitagata.

Em casa, minha mãe explode em soluços, meu pai não consegue disfarçar a emoção, mas logo, logo sinto uma espécie de desconforto. A porta foi fechada bem antes do anoitecer. Escutamos com apreensão os passos de visitas eventuais. Sou aconselhada a não sair do quarto dos fundos. Meu pai fala baixo. Quer que eu entenda alguma coisa. É difícil dizer à sua filha que ela não pode ficar na casa dos pais, que deve partir o mais rápido possível. Nesta mesma noite. O conselheiro e o burgomestre Rwambuka acabarão por saber que estou lá. Então... Vamos procurar Antoine. Ele levará Julienne e a mim até a fronteira. Minha alegria transforma-se em uma imensa tristeza. Minha mãe e eu, com tantas coisas a nos dizer, só podemos chorar à espera da partida. No meio da noite, retomamos o caminho do Burundi.

*

Em maio de 1986, fiz uma última visita aos meus pais. Evidentemente, não sabia que seria a última. Desta vez não fui a Ruanda pelos caminhos clandestinos; fui com meu marido e meus dois filhos. Eu era francesa. No meu passaporte, a embaixada de Ruanda em Bujumbura tinha colocado um visto nos moldes adequados. Entrei em casa como estrangeira, sem dúvida, mas ao menos fui pela estrada principal. Desta vez não cheguei de improviso. De Butare, minha irmã Alexia tinha prevenido nossos pais: Mukasonga vai vir com o marido, com os filhos, dois meninos!

Sobre a estrada de Gitagata, onde quase não passam veículos, as crianças corriam atrás do carro, e quando ele parou em frente à casa de Cosma, todos os vizinhos gritaram: "É Mukasonga!".

Por algum tempo, meus pais esqueceram o medo. Prepararam tudo o que era preciso para comemorar a visita da filha que lhes trazia dois meninos: o *ikigage*, cerveja de sorgo, o *urwarwa*, cerveja de banana. Como acréscimo ao fausto da festa, fomos buscar um pouco de Primus na loja da aldeia. Expliquei à minha mãe que meu marido tinha sido designado para Djibouti, que eu iria para longe deles, que talvez não nos víssemos por um bom tempo. Ela ficou triste, claro, mas, ao mesmo tempo, aliviada, como se fosse um perigo que se distanciasse – para eles? para mim?

Verifiquei que havia uma mudança na casa dos meus pais. Atrás da antiga choupana, para onde tínhamos nos mudado em 1963, tinha sido construída uma nova casa. Essa casa era um sonho que André, Alexia e eu, quando ainda éramos estudantes, tínhamos jurado realizar: consagrar nossos primeiros pagamentos como funcionários – porque, ao que parecia, não poderíamos ser mais do que funcionários – à construção de "uma casa igual à dos brancos" para nossos pais. Ah! É claro que ela não era totalmente "igual à dos brancos"; não tinha água corrente, nem eletricidade, nem banheiro, evidentemente, mas tinha quartos com divisórias e portas. Toda a família contribuiu na construção, fosse trabalhando na obra, fosse financiando-a. De minha parte, economizei o tanto quanto pude do meu modesto salário e fiz com que essa quantia chegasse até eles por intermédio de um padre ruandês, padre Fulgence, contador na Caritas do Burundi. Ele a remeteu à Caritas-Ruanda, que a passou à paróquia de Nyamata. Assim, contribuí com o melhor que pude na construção da casa nova.

Mas meu pai ainda tinha algo mais extraordinário para me mostrar. No novo pátio, havia vacas! Meu pai tinha conseguido reconstituir seu rebanho. Certamente um rebanho bem pobre, três vacas e três bezerros. Mas meu pai me apresentou, com orgulho, o novilho que tinha reservado para seu neto, Aurélien, e que iria lhe presentear solenemente.

A grande festa aconteceu, então, no dia seguinte. Toda Gitagata fez-se presente: os homens no pátio, as mulheres no interior da casa. Meu pai tomou a palavra, fez como se deve o panegírico da filha, do genro, dos netos, Aurélien e Joël, do tourinho que tinha destinado ao mais velho, Aurélien. Por sua vez, cada um dos convidados tomou a palavra e foi ouvido em um silêncio religioso, enquanto circulavam as jarras de cerveja, nas quais uns em seguida dos outros mergulhavam seus canudos. Claude, meu marido, também pronunciou um discurso que ninguém entendeu, mas que todos aprovaram gravemente e aplaudiram.

Entre as mulheres, o ambiente era menos solene. As conversas eram interrompidas por canções, e nos pusemos a dançar. Dancei como fazia em outros tempos, nos casamentos. E era um pouco o meu casamento que meus pais queriam celebrar. As mulheres diziam: "Mukasonga sempre foi a melhor dançarina. Pelo menos, ela não se faz de intelectual". E nos lembrávamos de como íamos buscar água juntas, catar lenha, como espantávamos os macacos que vinham pilhar nosso sorgo.

Mas havia uma sombra em nossa alegria. Uma família desconhecida, que minha mãe tinha mandado chamar, veio se juntar à festa. Minha mãe, um pouco incomodada, explicou-me à meia voz que eram nossos novos vizinhos, hutus, vindos do norte do país. Tinham sido instalados no final do nosso campo. Não eram os únicos. As autoridades tinham destinado terras a famílias vindas das províncias de Ruhengeri e Gisenyi. Era fato que essas províncias estavam superpovoadas, mas, sobretudo, era nelas que o regime de Habyarimana se apoiava. A partir daí, Nyamata passou a estar sob a vigilância de quem era fiel ao presidente.

"Você entende", explicou minha mãe, "eu não podia fazer outra coisa. Tinha que os convidar. Acima de tudo, são nossos vizinhos. E depois, de todo jeito, eles acabariam sabendo".

Compartilhei a cerveja com eles. Seus filhos, no pátio, dividiram a refeição com as outras crianças. Em 1994, eles estavam o tempo todo lá, no final do nosso campo. O que eles viram? O que fizeram?

Contávamos ficar alguns dias em Nyamata, mas no dia seguinte minha mãe veio me dizer, discretamente, que era melhor partirmos: "É melhor para as crianças", foi seu pretexto, "elas não estão acostumadas com a nossa comida". Entendi. Talvez meus filhos e eu mesma estivéssemos correndo perigo, mas, sobretudo, nossa presença era uma ameaça para nossos pais e para toda a família.

No dia seguinte, pegamos a estrada do Burundi. Revejo minha mãe na beira da pista, sua silhueta frágil envolvida em sua canga. É a última imagem que guardei dela, uma pequena silhueta que se apaga na curva da estrada.

XIII
1994: O GENOCÍDIO, O HORROR AGUARDADO

Sou tomada pela angústia, quando penso na primavera de 1994. Ainda me pergunto como pude me ocupar da minha casa, dos meus filhos, continuar o curso para conseguir o diploma francês de assistente social, olhar as árvores floridas dessa primavera na França. Atravessei os meses de abril, maio e junho como uma sonâmbula. Sabia que não havia esperança para Nyamata. Já em março de 1992, tinha havido em Bugesera um ensaio geral: as casas foram incendiadas, os tutsis, atirados em latrinas. Antonia Locatelli, uma voluntária italiana, tinha sido assassinada por tentar alertar a imprensa internacional. Minha família tinha escapado à matança, mas por quanto tempo? Recebi uma carta do meu pai. Escrevia com uma estranha insistência no fato de que chovia como jamais tinha visto chover. Não foi difícil decifrar a mensagem. Os tutsis de Nyamata esperavam o holocausto. Como eles poderiam escapar dali?

A morte de Habyarimana serviria de desencadeador daquilo que em Nyamata tínhamos como inevitável e que seria designado por uma palavra que eu ainda ignorava: genocídio. Em kinyarwanda, diríamos *gutsembatsemba*, verbo que significa, mais ou menos, erradicar, e que até então era empregado em relação a cães raivosos ou animais nocivos. Quando eu soube dos primeiros massacres de tutsis logo em seguida à morte de Habyarimana, foi como um curto instante de libertação: enfim! Dali em diante, não teríamos mais que viver esperando a morte. Ela estava lá. Já não havia meio de escapar. O destino ao qual os tutsis estavam destinados iria se realizar. Uma satisfação mórbida atravessou meu espírito: em Nyamata, há muito tempo nós sabíamos! Mas como é que eu poderia imaginar o horror absoluto em que Ruanda mergulharia? Todo um povo entregando-se aos piores crimes contra velhos, mulheres, crianças, bebês, com uma crueldade, uma ferocidade tão desumanas que hoje os assassinos não sentem remorso.

Eu não estava entre os meus quando foram cortados a facão. Como é que pude continuar vivendo nos dias da morte deles? Sobreviver! Na verdade, essa era a missão que nossos pais tinham confiado a mim e a André. Deveríamos sobreviver, e no momento eu sabia o que significava essa dor. Era um peso enorme que recaía sobre os meus ombros, um peso muito real, que me impedia de subir a escadinha que levava à sala de aula, me fazia parar em frente à porta do meu apartamento, incapaz de abri-la e entrar. Tinha a meu cargo a memória de todos esses mortos. Eles me acompanhariam até a minha própria morte.

Em Nyamata, havia muito tínhamos aceitado que nossa libertação seria a morte. Vivíamos à sua espera, sempre à espreita da sua chegada, inventando e reinventando, apesar de tudo, meios de escapar até a próxima vez, quando ela estaria ainda mais próxima, levando vizinhos, colegas de classe, irmãos, um filho. E as mães tremiam de angústia ao trazer ao mundo um filho que se tornaria um *inyenzi*, que seria passível de humilhação, perseguição, de ser impunimente assassinado. Estávamos cansados e, às vezes, nos deixávamos entregar ao desejo de morrer. Sim, estávamos prontos para aceitar a morte, mas não aquela que nos foi dada. Éramos *inyenzis*, bastava pisar em nós como se fazia com baratas, de uma vez. Mas eles tinham prazer na nossa agonia. Ela era prolongada por suplícios insuportáveis, por prazer. Havia prazer em cortar as vítimas vivas, estripar as mulheres, arrancar o feto. E esse prazer me é impossível perdoar, está sempre perante mim como um escárnio imundo.

Foi preciso que eu e André nos resignássemos a fazer a chamada dos nossos mortos:

meu pai Cosma, tinha 79 anos;
minha mãe Stefania, devia ter 74 anos;
minha irmã mais velha, Judith, e seus quatro filhos, não sei mais exatamente quantos anos as crianças tinham;
meu irmão, Antoine, e sua esposa, eles tinham nove filhos, o mais velho com vinte anos, o mais novo com cinco;
Alexia, seu marido Pierre Ntereye e quatro dos seus filhos, entre dez e dois anos;

Jeanne, minha irmã mais nova, seus quatro filhos: Douce, oito anos, Nella, sete anos, Christian, cinco anos, Nénette, um ano, e o bebê do qual ela estava grávida de oito meses.
Eu contava e recontava. Somavam 37.

Eu já sabia que jamais recuperaríamos seus corpos. Agora, tenho certeza disso. Teriam sido recolhidos pelos alunos das escolas que, durante as férias, recolhiam e ainda recolhem nas colinas e nos campos as ossadas para juntá-las na cripta cavada sob a igreja de Nyamata? Crânios e ossos eternamente sem nome nas vitrines do ossário. A menos que seus cadáveres tenham sido devorados e espalhados pelos bandos de cachorros que se tornaram ferozes e percorriam o Bugesera nos meses seguintes ao genocídio. Estariam eles, ainda, enterrados no fundo de uma dessas valas comuns que não param de ser descobertas?

Onde estarão? Perderam-se na multidão anônima das vítimas do genocídio. Um milhão de vítimas que perderam a vida e o nome. De que serve contar e recontar nossos mortos; das mil colinas de Ruanda, um milhão de sombras respondem à minha chamada.

*

Houve sobreviventes, claro. Um genocídio nunca é perfeito. Desde o mês de maio, eu tentava localizar os eventuais sobreviventes. Assediava a diáspora ruandesa, a Cruz Vermelha, os Médicos sem Fronteiras e várias outras ONGs em ligações telefônicas angustiantes. Cheguei a escrever a Bernard Kouchner. Não conseguia mais refletir. Agia como um autômato. Preparei uma longa carta destinada a Danielle Mitterrand. Desacolheram-me a enviá-la.

Falava-se de crianças desacompanhadas. A expressão estava na moda. Talvez algumas das nossas crianças estivessem entre elas. De qualquer modo, mesmo em Nyamata, talvez restassem alguns órfãos. Eram também meus filhos. Foi por elas que, juntamente com meus colegas da escola de assistência social, professores, inúmeros amigos, criamos uma associação. Tentávamos juntar um pouco de dinheiro para ir em auxílio delas assim que o contato fosse restabelecido.

Somente em novembro, soube que as duas filhas de Alexia e Pierre Ntereye, Jeanne-Françoise, catorze anos, e Rita, seis anos, tinham sido encontradas. Do Senegal, meu irmão foi buscá-las. Ele era o mais velho e, a partir dali, o chefe da família, deveria cuidar delas como se fossem suas próprias filhas. Ajudei-o como pude a financiar a viagem. Mais tarde ainda, recebi a notícia de que Emmanuel, marido de Jeanne, também tinha escapado. Tinha encontrado uma de suas filhas, Emmanuella, de três anos, a quem chamávamos de Nana. Enfim, houve Jocelyne, uma das filhas de Judith. Tinham matado seu marido e seu filho. Ela foi violentada. Estava grávida de um dos assassinos. Eles tinham se esquecido de matá-la, a não ser que lhe tenham reservado uma morte mais lenta: tinham-lhe transmitido aids.

Da morte dos meus, só me restam buracos negros e fragmentos de horror. O que mais faz sofrer? Ignorar como foram mortos ou saber como os mataram? O terror do qual foram tomados, o horror que sofreram, às vezes é como se eu tivesse o dever de senti-los, às vezes é como eu tivesse o dever de escapar. Não me resta nada a não ser a lancinante recriminação de estar viva em meio a todos os meus mortos. Mas o que é o meu sofrimento, comparado ao que eles sofreram antes de obter de seus carrascos essa morte que, para eles, foi sua única libertação?

Em fevereiro de 1995, quando fui ao Senegal, a Thiès, à casa do meu irmão André, que acabava de trazer nossas sobrinhas, não fui, logicamente, para recolher seus testemunhos, e sim para ficar perto delas, apertá-las junto a mim, se isso ainda lhes fizesse algum sentido, chorar com elas, se elas conseguissem chorar. Um sobrevivente, não sei se do holocausto ou do genocídio dos tutsis, disse que os sobreviventes do genocídio eram subviventes. Era bem isso. Jeanne-Françoise e sua irmãzinha eram subviventes. Sobreviviam sem viver, fora delas, sem prestar atenção ao fato de que continuavam existindo, sem família em meio aos seus, com primos e primas da sua idade, em um presente congelado, em um passado indizível, que só ressurgia em seus pesadelos, em um futuro sem esperança.

Quanto tempo durou aquilo? Foi preciso a coragem do meu irmão, a infinita paciência de Clotilde, sua esposa, a gentileza alegre e delicada de seus primos e primas para que Jeanne-Françoise e Rita recuperassem um pouco do gosto pela vida da qual elas tinham sido expulsas. Agora, em Ruanda, são jovens belas e entusiasmadas. Tenho orgulho disso. E seria uma vitória sem amargura se seus pais e seus irmãos pudessem compartilhar seus risos. Mas com frequência, sou tomada de dúvidas: essa vontade de sobreviver não seria apenas uma remissão? Nem André, nem eu, nem qualquer outra pessoa pode pretender que, das suas feridas, só tenham ficado as cicatrizes. Pode-se esperar para elas um destino mais clemente?

*

Acabei sabendo do martírio do meu cunhado Pierre Ntereye, da minha irmã Alexia e dos seus filhos. Pierre era professor universitário. Tinha sido promovido, sem dúvida contra a sua vontade, entre os poucos tutsis que o governo cobrava de favores para mostrar aos europeus ingênuos ou cúmplices que a Ruanda do povo majoritário ignorava as discriminações étnicas. Sem dúvida, ele atendia aos critérios para o papel que lhe fizeram representar: tinha o físico atribuído aos tutsis, pertencia a um clã que, nos tempos da antiga realeza, sempre ocupava altas funções. Foi-lhe permitido continuar extensos estudos na Bélgica e nos Estados Unidos. Jeanne-Françoise, sua filha mais velha, nasceu em Mons. Com certeza, a carreira política à qual se destinavam os colegas hutus lhe era proibida, mas, mesmo assim ele seria professor universitário em Butare, depois em Ruhengeri. Pierre não era idiota, sabia muito bem que servia de álibi para o regime, mas teria outra escolha? Eles o fariam pagar caro os favores ambíguos que lhe tinham sido dispensados.

Sentindo-se ameaçado, Pierre retirou-se com sua família para Taba, na província de Gitarama, de onde era originário, e onde acreditava estar em maior segurança. Jean-Paul Akayezu, julgado e condenado pelo Tribunal Penal Internacional de Arusha, era o burgomestre da comuna, e amigo da família Ntereye. Prometera sua proteção a Pierre. A amizade e as promessas logo foram varridas pela fúria do genocídio.

Ao ser preso, Pierre foi gravemente ferido numa tentativa de fuga. Em vez de deixá-lo morrer, seus carrascos fizeram com que fosse curado para torturá-lo à vontade. Durante vários dias, na comuna, cortaram-lhe membro por membro com facão.

Jeanne-Françoise assistiu ao desmembramento do pai. Não fez disso uma narrativa emocionante. Só recolhi algumas frases, como que arrancadas em carne viva de um sofrimento incurável. Não pedi. Ela se aproximou de mim: "Titia, tenho uma coisa para te dizer". Em um tom indiferente, começou a contar. Mas a narrativa foi interrompida repentinamente. Ficou com dor de cabeça. Tudo ficou turvo. Ela foi tomada por uma vertigem. Que a deixassem em paz. Ela se fechou na dor que não podia ser apaziguada.

Em Ruanda, são as famílias que levam comida para os prisioneiros. Foi isso que Jeanne-Françoise fez. Claro que não passava de puro sadismo da parte dos carcereiros. Cada dia, portanto, Jeanne-Françoise devia levar a refeição para o pai. Cada dia, também, ela o via com mais um membro amputado. Encontrava-o com menos dedos, uma mão, um braço, uma perna a menos. Devia aproximar-se dos pedaços sangrentos daquele que tinha sido o pai do qual tinha tanto orgulho, o pai que em suas descrições era tão belo, tão forte, tão inteligente. Foi a imagem desse pai que eles destruíram, encoberta pela imagem insuportável do pedaço de carne ensanguentado que lhe era apresentado.

Seus quatro irmãozinhos também foram mortos na comuna. Alexia foi executada um pouco antes da chegada do Exército patriótico ruandês. Todas as testemunhas lamentam que, para ela, a libertação tenha chegado um pouco tarde demais. Asseguram também que os assassinos a fizeram escolher sua vala. Restavam três, talvez para ela e suas filhas. Era assim que os assassinos procediam em relação a vítimas importantes.

Depois da morte de sua mãe e de seus quatro irmãos, Jeanne-Françoise e Rita encontraram abrigo na casa de uma tia casada com um hutu. Abrigo bem precário, porque alguns dos primos opunham-se à presença delas, enquanto outros queriam protegê-las. Por fim, um dos primos levou-as em sua bicicleta, com a cumplicidade da tia, até um esconderijo seguro, longe de Taba. Há muito tempo procuro saber mais sobre esse esconderijo, mas quando Jeanne-Françoise começa a evocar esse período, ela interrompe a própria fala, fica com dor de cabeça e se tranca em total mutismo. Mais tarde, as duas irmãs voltaram à Taba na casa da tia, e elas, que vinham da cidade e tinham sido paparicadas pelos pais, conheceram por alguns meses a dura condição de camponesas. Foi lá que meu irmão André foi buscá-las e as levou para o Senegal, à espera da volta definitiva da família, aumentada em duas órfãzinhas, para Ruanda.

*

Agora devo falar de Jeanne. Há muito tempo tenho medo deste momento. Éramos cinco meninas e dois meninos. Jeanne era a mais nova, talvez a de quem eu era mais próxima. Eu era, como se diz, sua "mãezinha". Levava-a nas costas. Ela me seguia por todo canto. Nós nos esforçávamos para ficarmos parecidas. Diziam que ela era meu duplo. Toda a família a tinha recebido como um presente caído do céu, um bebezinho bem negro e muito sorridente. Quero conservar esse sorriso de Jeanne na minha memória como o mais precioso dos tesouros.

Emmanuel, seu marido, descreveu-me sua morte. Ele me disse que me devia isso. Era a primeira vez que falava do assunto com alguém. Gravei. É provável que ele jamais repita o que queria me dizer. Isso não aconteceu sem sofrimento dos dois lados. Pensei em interrompê-lo para pôr fim à infinidade de dores que a narração revelava. Ele quis ir até o fim. Mas não me contou tudo. Não conseguiu, ou quis me poupar do horror insuportável. Mas isso, eu sabia; recebi da minha sobrinha, Jocelyne, uma carta estranha, numa letra quase ilegível, mas suficientemente clara para me dar a conhecer aquilo que eu jamais deveria saber.

Gostaria de escrever esta página com as minhas lágrimas.

A família de Emmanuel, originária de Ruhengeri, fazia parte dos deportados de Gitagata. Emmanuel era professor ali. Mas depois dos massacres de 1992, o jovem casal e seus filhos tinham se retirado para o vilarejo de Nyamata. O avião de Habyarimana foi abatido em 6 de abril, por volta das oito e meia da noite. No dia 7, foi decretado toque de recolher não só em Nyamata como em toda Ruanda, mas, de sua casa, onde ficaram fechados o dia todo, Emmanuel e Jeanne constataram um grande tumulto, insuflado pelo subprefeito Hassan Djuma e o burgomestre Bernard Gatanazi.

Na sexta-feira, dia 8, chegaram em Nyamata os primeiros fugitivos vindos dos setores vizinhos de Kibungo e de Kanzenze, onde o genocídio teve início no dia 7. Às sete e meia da noite, foi lançada uma granada contra a casa. Os vidros voaram estilhaçados, mas ninguém se feriu. A família toda se refugiou na casa de um vizinho. Os moradores do bairro organizaram patrulhas noturnas para darem o alerta em caso de perigo, mas rapidamente os militares intervieram e ordenaram que cada um voltasse para sua casa. Durante a dispersão, dois homens foram abatidos e seus cadáveres permaneceram no local. Por volta de uma e meia da madrugada, foi lançada uma segunda granada contra a casa abandonada de Emmanuel e Jeanne. Ela estragou ligeiramente o telhado.

No dia 9, a população foi convocada para uma reunião pretensamente de pacificação. Ao longe, para os lados de Kigali, ouviam-se tiros de artilharia. O subprefeito aproveitou para incitar a população hutu: "Estão ouvindo? eles querem matar todos nós".

Como a situação foi ficando cada vez mais crítica, Emmanuel e seu vizinho decidiram levar suas famílias para a colina de Kayumba, uma elevação que domina Nyamata. Foi lá que vários tutsis se refugiaram e tentaram organizar a resistência. Emmanuel voltou para Nyamata, onde se escondeu. No domingo, ele retornou a Kayumba e disse: "É a última vez que vejo Jeanne e meus filhos".

Na segunda-feira, dia 11, os militares e uma turba de assassinos voluntários tomaram Kayumba de assalto. As famílias dos tutsis que estavam agrupadas ali fugiram, e os sobreviventes procuraram refúgio na igreja de Nyamata. Ali, foram massacrados no dia 14. Eram de cinco a seis mil. Na véspera, militares da força da ONU, a MINUAR, vieram retirar os religiosos e os missionários brancos.

Jeanne, que estava grávida de oito meses, não conseguiu acompanhar a fuga da multidão em pânico. Entregou seus três filhos mais velhos aos vizinhos que voltaram com os outros para Nyamata. Recebeu um golpe de facão. Escondeu-se em uma moita. Ficou com Nana, a menorzinha. Por quanto tempo ela ficou escondida? Ninguém sabe me dizer. Não conseguindo ficar sem notícia dos filhos, ela resolveu descer para Nyamata. Mataram-na em frente da comuna. Como? Quem? A carta de Jocelyne tem as precisões e incoerências de um pesadelo. Ferida, Jeanne foi abatida no chão. Foi estripada. Arrancaram-lhe o feto. Espancaram-na com o feto. Nana estava ao lado deles. Os assassinos foram embora. Deixaram Nana junto à mãe. Então, alguém, jamais saberei quem foi esse alguém, perguntou a Jeanne, que morria banhada em sangue, o que poderia fazer por ela. "Por mim você não pode fazer nada, mas se puder fazer alguma coisa, leve Nana com você."

Não preciso virar a folha de caderno que tenho à minha frente. As frases de Jocelyne desfilam na minha mente. As palavras não contêm emoção, congeladas pela morte. Vêm do país dos mortos.

Emmanuel estava entre os últimos sobreviventes escondidos no pântano. Durante quarenta dias, foi preciso escapar ao cerco cotidiano dos assassinos. No dia 14 de maio, o Exército patriótico ruandês libertou Nyamata. Dos sessenta mil tutsis recenseados em janeiro de 1994 na comuna de Nyamata, não restaram senão cinco mil sobreviventes, mais exatamente 5.348. A Frente Patriótica de Ruanda instalou uma administração provisória. Uma mulher, hutu, cujo marido tutsi tinha sido morto, exerceu a função de burgomestre. Os sobreviventes tentavam com dificuldade uma aparência de vida.

Por volta do fim de maio, ele não sabe mais exatamente a data, Emmanuel foi a Kibari, não distante da fonte de Rwakibirizi, ajudar os filhos de Berkimasse, o alfaiate de Gitagata, a retirar o corpo do pai das latrinas onde os assassinos haviam-no jogado. "Lá", ele conta, "alguém veio me dizer que um homem, vindo de Musenyi, contava muitas coisas, e entre as coisas que ele contava, dizia que tinha encontrado na estrada uma menininha chamada Nana. Levaram-me até esse homem e ele me confirmou que a menininha repetia que sua mãe se chamava Jeanne e seu pai Emmanuel, mas que os soldados da Frente Patriótica de Ruanda haviam-na pegado e ele não sabia para onde a levaram. Os soldados da

Frente Patriótica de Ruanda juntavam as crianças que vagavam em um acampamento estabelecido em Nyamata, em um antigo orfanato. Procuravam professores entre os sobreviventes para se ocuparem das crianças que esperavam que as escolas pudessem ser reabertas. Fui até o acampamento. Nana estava mesmo lá. Um capitão do Exército patriótico a tinha recolhido e se tomara de afeto por ela, mas como a ofensiva de libertação continuava avançando, teve que a deixar no orfanato improvisado. Eu estava num tal estado de esgotamento físico e mental, e Nana era tão pequena e tão frágil, que preferi, primeiramente, confiá-la a uma amiga sobrevivente, Marie-Louise, que também tinha perdido toda a família. Nana reencontrou um pouco do calor materno e Marie-Louise, uma criança que dava sentido à sua sobrevivência. Recuperei Nana para sua volta à escola. Nana reaprendeu a sorrir e seu sorriso me enche de alegria e tristeza: não é o sorriso de Jeanne e de todos os nossos filhos desaparecidos?".

XIV
2004: NA ESTRADA DO PAÍS DOS MORTOS

A velha caminhonete escolar onde nos amontoamos, Emmanuel, meus filhos, meu marido e eu, roda lentamente, evitando os sulcos da rua principal de Nyamata. Sob os toldos de chapa de algumas lojas estão empilhados sacos de arroz, de feijão, caixas de cerveja, de fanta... O mercado acontece à beira da rua, em um vasto terreno retangular. Mais ao longe, micro-ônibus esperam lotar de passageiros para Kigali; outros fazem fila diante da única bomba de gasolina acionada por um velho robusto. Tento reconhecer, em vão, um rosto entre os que passam, como se esperasse ver surgir à minha frente aqueles que já não estão. Meu olhar fixa-se, com alívio, como um náufrago em um destroço, nas velhas casas coloniais onde moravam Bitega, o enfermeiro, e Gatashya, o veterinário. É com gratidão que constato que o pequeno bosque de Gatigisimu, onde fazíamos nossas últimas necessidades antes de entrar na classe, continua lá.

Pouco a pouco, deixamos o vilarejo. Ainda existem algumas casas contornadas por sebes de eufórbios bem aparados, depois a estrada empoeirada lança-se em direção a um vasto horizonte de planície. Não é a região das mil colinas, é o Bugesera!

Nosso veículo cruza com grupinhos de mulheres que carregam na cabeça cestos de feijão ou de batatas-doces. Ele desacelera com a passagem de bicicletas em ziguezague, cheias de cachos de bananas verdes. Gostaria que fosse ainda mais devagar. Sei que, em poucos quilômetros, vamos chegar a um entroncamento de uma estradinha, à direita. Faz dez anos que temo esse momento, que rejeito esse instante. A caminhonete vai pegar, à direita, a estradinha onde ninguém mais passa, que leva a Gitwe, Gitagata, Cyohoha, que leva àqueles que já não estão.

Levei bastante tempo para me decidir voltar a Ruanda, depois do genocídio. É, tempo demais, realmente. Por um longo período, não tive forças para fazer a viagem. Os ruandeses refugiados em Paris voltaram ao país. Era seu dever. Era preciso reconstruir Ruanda. As ruandesas casadas com um francês, como eu, precipitaram-se a abraçar um pai, uma mãe, um irmão, uma irmã sobrevivente. Mas eu, o que faria em Nyamata? Não havia mais pai, nem mãe, nem irmão, nem irmã. André nem mesmo encontrou vestígios de suas casas. Em Gitagata não havia senão grande pés de mandioca que haviam se tornado selvagens, bananeiras moribundas, sufocadas por matagais de espinheiros. Onde me recolher? Com quem dividir a minha dor? Tinha medo de mostrar a minhas sobrinhas não mais a força da esperança, mas somente a dor que trazia dentro de mim. Meu pranto não iria reavivar seus soluços? E, confundidos com seus rostos, não estariam os de meus pais, meu irmão, minhas irmãs, que eu gostaria de abraçar? Precisava esperar, reencontrar a energia que, até então, nunca tinha me faltado. Sendo assim, dedicava todas as minhas forças à associação que tinha fundado. Ajudar os órfãos agrupados em famílias de crianças; apoiar a reabertura das escolas; equipar o colégio criado, em 1986, pela associação dos pais de Nyamata para que, apesar das discriminações, seus filhos ascendessem ao secundário. Adiava minha partida o tempo todo. Justificava-me, dizendo que a passagem de avião era cara demais, que mais valia destinar esse dinheiro aos órfãos, depois eu retomaria meus projetos de viagem. Transcorreram dez anos. Meu mal-estar aumentava, e eu sabia muito bem que um dia teria que voltar a Nyamata, que os vivos e os mortos me chamavam.

Depois de alguns dias, estou em uma Ruanda que acreditava jamais conhecer. Estou em casa, assim como todos os outros ruandeses. Já não ando de cabeça baixa, não me sobressalto perante a visão de um uniforme. Não existem mais barreiras para controlar minha "etnia". Já não serei humilhada pelos milicianos do partido. Não sou mais a *inyenzi*. Meu nariz não é comprido demais; meus cabelos não são etíopes, sou ruandesa. Tenho pressa em descobrir a Ruanda que me era proibida. Quero ver tudo, Gikongoro, onde nasci, à beira do rio Rukarara, o lago Kivu, Kibuye, Ruhengeri, Gisenyi, os vulcões... Gostaria que o micro-ônibus parasse em cada volta da estrada para que, até o horizonte, as colinas e os cumes das montanhas viessem preencher meu olhar. E repito – e caçoam de mim com delicadeza: "*Rwanda nziza, Rwanda nziza* – meu país é lindo".

Mas Ruanda também é o país das lágrimas, e as estradas percorridas também são itinerários de dor.

Eis as salas de aula de Murambi, onde centenas de esqueletos ficaram petrificados no gesto de pavor de seu último instante, ou na postura do suplício que lhes foi infligido. O zelador, que ali perdeu toda sua família, levanta o enorme pilão com o qual se esmagavam o crânio dos bebês; mostra também o círculo de pedras que contornava o mastro onde os militares franceses erguiam a bandeira. Ela ondulava sobre as valas recobertas precipitadamente. Do platô onde foi construída a escola, descobre-se um círculo de colinas. A tarde cai. Das casas, sobe tranquilamente uma fumaça, em parte dissimulada pelos bananais. Quem poderia acreditar nisto, na doçura deste crepúsculo? Os assassinos estão logo ali.

Depois de Magi, de onde minha família foi expulsa em 1960, seguimos os cumes que dominam Kanyaru. As igrejas foram devolvidas ao culto, mas os vestígios de balas e granadas testemunham o que aconteceu. Na verdade – explica o amigo sobrevivente que nos guia –, nesta região próxima ao rio, os tutsis não foram mortos dentro das igrejas, foram perseguidos e forçados a se reunir ali; depois foram empurrados com fuzilaria e cães até o Kanyaru, para serem afogados.

Nosso amigo nos leva até a casa dos seus pais. Ele teve sorte. Seus pais muito idosos não foram empurrados até o rio, foram mortos no pátio da sua casa. Ele pôde recuperar os corpos. Enterrou-os na entrada da igreja do burgo de Kirarambogo, onde seu pai lecionou durante vinte e cinco anos. Assim, seus antigos alunos, que também são os assassinos, passam diante da tumba quando, como bons cristãos, vão à missa de domingo.

Em Mbazi, perto de Butare, paramos diante de um grande retângulo de cimento. Nenhuma inscrição. Nenhum nome. Nosso amigo explica-nos que embaixo, no fundo do vale, tutsis foram massacrados por metralhadora: sessenta e cinco mil. Em volta da laje, acham-se buquês secos espalhados. Perguntamos às crianças atraídas pelo veículo o que houve, por que as flores não estão mais sobre a tumba. "É uma doida", eles respondem depois de um momento de hesitação, "quem fez isso foi uma doida". Como demoramos a partir, eles recolocam os buquês sobre a laje.

Raros são os sobreviventes que puderam encontrar os restos mortais de seus entes queridos e sepultá-los. Além disso, esse privilégio, por mais invejado que seja, não ajuda, forçosamente, na realização do processo de luto do qual falam os psicólogos. Uma amiga me conta como encontrou os despojos dos seus pais: "Muito tempo depois do genocídio, voltei ao cercado dos meus pais, em Gahanga. Um rapaz que meus pais tinham adotado, e que não sei como escapou do massacre, me acompanhava. Tinha visto tudo. Levou-me até os lugares da matança. Eu só queria recuperar os corpos dos meus pais. Interrogamos um hutu que morava ali. Logicamente, ele não sabia de nada, não tinha visto nada, não tinha feito nada, não estava lá... Expliquei longamente que não o estava acusando de coisa alguma, não estava procurando o assassino dos meus pais, e sim o corpo deles. Isso não bastou para acabar com sua desconfiança. Mas não desanimei. Nos dias seguintes, voltei à carga. Acabei propondo-lhe dinheiro. Ele não resistiu. Cedeu e foi me mostrar uma vala, a alguns quilômetros de lá, onde tinham jogado meus pais.

"Foi preciso tomar várias providências a fim de conseguir autorização para sepultar meus pais em seu cercado. Acabei conseguindo. Fiquei orgulhosa da minha vitória. Levei meus pais para o canto deles; a partir de então, eles repousavam em seu cercado. Tinha-os só para mim, poderia chorar em sua tumba, enchê-la de flores. Repetia sem cessar comigo mesma: 'Graças a mim, eles estão em casa'. E recuperei uma razão de viver: ir a Gahanga e visitar a tumba dos meus pais.

"Mas isso não durou. À medida que o tempo passava, fui sentindo cada vez mais angústia ao ir até sua sepultura. Inventava todos os pretextos para adiar a peregrinação que me havia imposto. Tinha medo de ficar sozinha perante a tumba. Passou a ser insuportável chorar a perda deles, sozinha. Por muito tempo, lutei contra esse sentimento que me paralisava, mas, por fim, tive medo de abandonar meus pais, tive medo que fossem abandonados, sós, em seu cercado em Gahanga. Então fiz com que fossem exumados e transportados até Rebero, em Kigali, ao Memorial, juntamente com os outros. E agora posso chorar ao lado das mães sem filhos, das viúvas, dos viúvos, dos órfãos. É como se eu compartilhasse do sofrimento de todos, como se cada um apoiasse a minha dor. Talvez eu tenha encontrado o meu lugar no longo caminho de luto que temos que percorrer. Mas ainda não estou totalmente certa..."

Mas muitos sobreviventes não têm outra escolha, a não ser errar sobre o rio da morte. Em Murambi, eles são menos de uma dezena. Tiveram que abandonar seus cercados nas colinas e se reagruparam numa espécie de aldeia ao redor do mercado. Não poderiam mais viver em meio a seus assassinos, aos olhares que lhes faziam compreender claramente que não deveriam estar lá. Não esperam nada dos Gacaca, da justiça dos conselheiros das colinas. Em Murambi, eles dizem, os "conselheiros" sem dúvida têm sangue nas mãos. Esperam que, pelo menos, os que forem escolhidos não tenham sangue de crianças nas mãos.

"Eu", diz um deles, "tentei reviver. Casei-me de novo. Tive um filho. Quando ele estava na idade de ir à escola, o arrancaram de mim para ser morto. É isto que os hutus nos dizem: não há mais lugar para os tutsis aqui no mundo. Então, tornei-me guardião do Memorial. É somente lá, junto das ossadas, que me sinto em casa. Ao lado dos mortos estou em segurança. Estou no meu lugar junto aos esqueletos. À noite, quando o Memorial fecha suas portas, sinto pena de deixá-los, de voltar para os vivos ou para aqueles que fingem viver. Então nós, os sobreviventes, nos agarramos uns aos outros no silêncio. Sobre as colinas, à nossa volta toda, nossos assassinos acendem a luz, e nós, nós estamos sozinhos no meio da noite. Você, mesmo que seja tutsi como eu, vive no estrangeiro, não pode nos entender de verdade (e mesmo os que estão em Kigali não compreendem tudo), você não pode sentir o medo que nos invade, que gela nossos ossos. Não existem noites mais escuras ou mais longas do que as de Murambi."

*

Aqui estamos no entroncamento da pista de Gitagata. A paisagem da estação seca dá uma impressão de estepe devassada, árida e poeirenta. No entanto, há moradias nela. À direita, exatamente no ângulo da pista e da estrada de Gako, ficava a casa de Rwabashi. Ele era um privilegiado. Não se sabe por quê, dois dos seus filhos puderam ficar em "Ruanda". Lá, aparentemente, eles estavam numa bela situação, porque os pais não precisavam plantar: empregavam pessoas em seus campos. Rwanbashi ficava o dia todo em frente à sua casa, sentado em uma cadeira, enrolado em sua canga branca, com seu penteado alto e prateado, o bastão bem reto. Cumprimentava quem passava. Isabelle, sua esposa, recebia as visitas. Era admirada e invejada. Parecia viver além da miséria e do medo, quinhão comum dos desterrados. As mulheres vinham vê-la como que para se impregnar de sua despreocupação. Aquilo restituía coragem: pelo menos, existia alguém que parecia ignorar a desgraça onde estávamos mergulhados.

Muitas vezes, na volta da escola, Candida e eu parávamos um momento em casa de Rwabashi. Sua filha Tatiana nos dava de beber e, às vezes, de comer. Aquilo, além de nos devolver as forças para enfrentar a grande encosta que levava a Gitwe, frequentemente era nossa única refeição do dia.

Em frente, ficava a cabana do ex-subchefe Ruvebana. Ele não ficou lá por muito tempo. Depois dos acontecimentos do Natal de 1963, não conseguiu recuperar sua casa. Estavam à sua procura para matá-lo. Escondeu-se na *brousse*, sobre a colina de Rebero, atrás de sua casa. Meu pai levava-lhe comida em segredo. Depois, partiu para o Burundi. Nunca mais o vimos. Sua mãe, Suzanne, foi se apagando lentamente pela dor de estar separada do filho pela primeira vez. Meu pai também foi muito afetado por essa separação, mesmo não deixando transparecer. Seu patrão era também seu amigo e seu confidente, e não havia como lhe escrever; uma correspondência com um *inyenzi* do Burundi era considerada crime.

*

Pouco depois do entroncamento, o chofer deixa a estrada e se enfia na *brousse*. Paramos ao pé de uma colina. É Rebero. Deste lado, a encosta não é muito íngreme. Do seixal de pedras brancas e vermelhas, rochas que se dividem em folhas de arestas cortantes. No topo, há um pequeno bosque de eucaliptos. Lá do alto, descortina-se todo o Bugesera. Às nossas costas, a pequena aglomeração de Nyamata e o vale do Nyabarongo, escondido entre duas fileiras de cumes. À nossa frente, a estrada toda reta que segue para Gako e a fronteira do Burundi. À direita, o lago onde eu ia buscar água não passa de um pântano de papiros. Mais ao longe, vislumbramos as colinas de Gakindo e de Rukindo e, atrás, o lago Cyohoha Sul, que brilha ao sol. As comunas, hoje os distritos de Gashora e Ngenda, esparramam-se a nossos pés, como um mapa em relevo. Reconheço os telhados de telha das lojas do mercado de Mayange, em Gashora, e de Ruhunda, em Ngenda. Não muito longe, estão as construções coloniais do Instituto Agronômico de Karama. Bem à frente do horizonte, as colinas que percebemos na bruma já são do Burundi.

Foi sobre a colina de Rebero que se juntou a maior parte dos moradores de Gitwe, de Gitagata e de Cyohoha para se defender contra a horda de assassinos. Isso aconteceu nos dias 11, 12 e 13 de abril.

Philibert, um dos filhos de Froduald, que serviu de guia para mim e André até o Burundi, foi quem me contou. Ele tinha, então, dez anos. Os massacres começaram nas aldeias no dia 11, e logo eles se deram conta de que não se tratava dos massacres costumeiros de retaliação, mas de uma exterminação completa, que não poupava ninguém, nem mulheres, nem crianças, nem velhos. Então, os habitantes válidos e valentes retiraram-se para a colina de Rebero. Os velhos, os enfermos, os que já não tinham forças para tentar sobreviver ficaram à espera dos assassinos. Não foi preciso esperar muito tempo... Durante dois dias, aqueles que conseguiram alcançar Rebero resistiram aos agressores. Os homens, depois de terem erguido uma espécie de refúgio no meio dos eucaliptos para as mulheres e as crianças, combateram facões com as pedras cortantes de Rebero. Não conseguindo sair vitoriosos, os milicianos *interahamwes* e a multidão de hutus de Gashora e Ngenda pediram ajuda aos militares de Gako. Esses inundaram a colina com granadas de fragmentação, e a turba de assassinos comuns terminou o serviço a facão. Era 13 de abril.

Froduald e sua família foram mortos, mas Philibert e um de seus irmãos, escondidos sob os cadáveres, escaparam à matança. Philibert garantiu-me que Antoine estava lá com toda a família. Ali eles foram mortos, todos os onze. Também estava lá toda a família de Judith, minha irmã mais velha, e a maioria de seus filhos, mas meus pais, não. Philibert conhecia-os bem. Éramos vizinhos, e como Froduald era o melhor amigo de Antoine, e tinha arriscado a vida por nós, era considerado um membro da família. Meus pais estavam velhos demais para se esconder em Rebero, dificilmente poderiam se deslocar. Além disso, acho que estavam cansados de serem perseguidos e caçados havia mais de trinta anos. De que valia tentar sobreviver mais uma vez? Imagino, mas nunca saberei, que esperaram a morte em casa.

Não foi erguido um memorial em Rebero. Nada que lembre os que tombaram, além de rochas e pedras brancas e vermelhas. Interrogo, esquadrinho a colina. O sol está a pino. É a hora das miragens. Afasto os seixos, raspo a terra. Há ali uma tira de tecido desfiado, incrustado no chão. Gostaria de me convencer a reconhecer nela um pedaço da camisa de Antoine. Hesito e acabo deixando por lá a falsa relíquia. Recolho uma pedra de perfil afiado. Como lembrança.

*

Retomamos a pista. A caminhonete sobe a encosta em direção a Gitwe. É difícil reconhecer a pista entre as erosões e as moitas que a invadiram. Mas Paulin, o chofer, é um sobrevivente de Gitagata, sabe por onde deve passar.

Atravessamos, agora, aquilo que foi Gitwe, mais exatamente o que chamávamos de bairro dos Abafundos, famílias originárias de Gikongoro. Eram pessoas altivas. Seus filhos procuravam as esposas na casa de outros Abafundos, desterrados no acampamento de Rubago, em Gisaka. Havia dez casas enfileiradas dos dois lados da pista.

A primeira, à esquerda, era de Birota, um professor. Ele não era um Umufundo. Tinha chegado mais tarde e ocupou a casa deixada por uma família refugiada no Burundi. Era criticado por ter casado a filha, Uwamariya, ele, o intelectual, com pagãos iletrados, mas que eram os únicos que ainda possuíam vacas. Diziam que tinha trocado a filha por leite.

Um pouco mais acima morava Gahutu. Seu nome, o pequeno hutu, fazia rir porque ele realmente tinha o tamanho e as maneiras com os quais se faz a caricatura de um tutsi. Além disso, caçoavam, esse nome não o iria proteger. Karuyonga, sua esposa, era grande e forte, sempre de bom humor. Avaliavam que tinha sido feita para ter uma família numerosa. Por isso, tinham pena dela, tendo trazido ao mundo apenas quatro filhos: Rugema, Rubare, Maria e a irmã mais velha, que tinha ficado em "Ruanda". Desejavam-lhe bastante coragem porque, para todos, uma verdadeira família começava com sete filhos. Rubare era admirado por suas pernas arqueadas, sinal evidente de nobreza! Às vezes, eu passava a noite na casa de Maria. Havia também sua tia, Mukurangwa. As duas meninas tinham mais ou menos a mesma idade. Eu ainda era bem pequena. Como o costume exige, tinha sido construída para elas uma palhoça no pátio. Cantávamos e dançávamos em volta de uma jarra de cerveja de sorgo. Eu gostava muito de dormir na casa de Maria.

Havia também a casa da minha madrinha, Angelina. Seu marido, Nyagatare, era professor. Foi ele quem abriu a primeira escola de Gitwe. Eles só tinham uma filha, Clotilde, morta em Butare, mas a casa vivia cheia de crianças. Angelina acolhia meninos e meninas das famílias mais desprovidas, e tinha adotado órfãos de sua própria família, massacrada em Gikongoro. Eu tinha a impressão que Angelina estava no auge do progresso e da elegância. Até o que comíamos em sua casa tinha gosto de modernidade: vinha com molho!

Em frente à casa da minha madrinha, havia a casa de Bihara, sua esposa Steria e seus seis filhos. Uma das meninas, Bernadette, estava comigo no liceu Notre Dame de Cîteaux. Era uma grande amiga da minha irmã Alexia. Os maridos das duas tornaram-se professores universitários, foram colegas e amigos. Em

Nyamata, encontrei dois irmãos sobreviventes dessa família. Vinte anos depois, nos reconhecemos sem pestanejar. Eles disseram que tiveram sorte. Não estão sós. "Somos dois para dividir nossa dor", conta Rutayisire, abraçado ao irmão, os olhos cheios de lágrimas, "não temos mais do que isso para compartilhar".

Mas como distinguir, encobertas pelas acácias e pelo mato, as casas daqueles que ali viveram e de quem se quis aniquilar até a lembrança? Musonera, Rugema, Musoni, Muganga, Costasia, Karamage, e todos os rostos dos seus filhos que atormentam minha própria memória.

A partir da casa de Gashumba, estávamos entre os desterrados que vinham de Butare. À esquerda, havia seis casas até a escola primária: de Gashumba, Ruhaya, Kiguru, Ruhurura, Harukwandiye e Rugereka, que vinha de Byumba. Em frente, não tinha mais ninguém. Todos tinham fugido para o Burundi em 1963.

Ruhaya era um hutu que, por fidelidade, tinha seguido seu chefe. Era particularmente maltratado pelos militares, mais ainda do que nós. Quando eles faziam toda a população enfileirar-se ao longo da pista, Ruhaya protestava, dizendo que era hutu e pretendia continuar se dedicando às suas ocupações. Os militares perguntavam-lhe, então, o que ele afinal fazia entre os tutsis, e se punham a surrá-lo, dando risada.

Nossa primeira casa tinha sido retomada por Ruhurura, um velho chefe caído na mais profunda miséria. Sua primeira mulher o abandonara e partira para Kigali. Ele tinha se amigado com uma simples camponesa, contando com ela para plantar; no entanto, o lote estava abandonado, e a casa achava-se num estado de deterioração inquietante. Tínhamos pena de seus filhos, pequenos esqueletos devorados pelos bichos-de-pé.

Bem perto da escola morava Kagango, pai de Régis, morto em 1973, no seminário de Kabgayi. Kagango era artista e curandeiro. Esculpia bengalas. As pessoas vinham de longe para comprá-las. Ele não precisava plantar. Ainda mais porque, aos seus talentos de escultor, somava-se um dom mais misterioso: com um simples toque dos dedos, curava luxações e entorses. Olhávamos com fascínio suas mãos, cujas palmas eram de uma brancura estranha e pareciam cobertas de escamas, como a pele de um lagarto.

É claro que não existe mais escola em Gitwe, já que ali não há mais crianças, e as grandes árvores, que generosamente deixavam cair seus frutos sobre nossas lousas, desapareceram.

Também não existem vestígios das últimas doze casas da aldeia, duas fileiras de seis, frente a frente. Pergunto a um pastorzinho, vindo não sei de onde.

Deve ter oito ou nove anos. Suas cabras pastam os espinheiros raquíticos, e eu lhe digo: "Você sabe o que aconteceu com as crianças de lá, de onde você leva suas cabras para pastar?". O moleque, em pânico, foge com seu rebanho em uma nuvenzinha de poeira. À noite, dirá para a mãe: "Mamãe, encontrei uma louca na estrada velha". E sua mãe ficará brava e lhe dirá: "Nunca mais vá lá embaixo. É o país dos mortos". E eu, eu desfio os nomes daqueles que não têm ninguém que chore por eles. Grito seus nomes para quem? Por quem?

Théodore, o professor.

Rutabana, de cujo arroz eu tanto gostava.

Rukorera, que possuía vacas. A família era pagã, as crianças não iam à escola. Mas ele era invejado, tinha vacas e muitos filhos homens. Em troca de um pouco de leite, Rukorera encontrava facilmente voluntários para cultivar seus campos. Suas vacas tinham o direito de pastar por toda parte. Em troca, ele dava a bosta para fumegar as plantações, ou a urina de vaca bem quente para curar os vermes intestinais das crianças.

Buregeya, que se achava bonito e desposou Mariya que, na opinião de todos, era uma das meninas mais lindas da aldeia.

Tadeyo Nshimiyimana, muito respeitado por ser professor na escola principal de Nyamata, no quinto ano primário.

Sua mãe Yosefa, cujos todos os filhos homens tinham frequentado a escola. Um deles, Matayo, tinha voltado a Nyamata. Percorria a *brousse* para estudar os pássaros. Anotava seus cantos em um caderno. Só falava consigo mesmo, sempre em francês ou em latim. Riam muito dele, chamavam-no de sábio louco, mas tinham um pouco de medo dele.

Édouard Sebucocera, grande amigo do meu pai. Era para eles que a comunidade originária de Butare se voltava quando era preciso tomar decisões importantes.

E depois François Seburyumunyu, Kabarari e seus dois irmãos, Mujinja e Karara, e Inyansi, os únicos adultos deportados em 1960 que sobreviveram.

Mais distante, ficava a casa de Sekimonyo, o apicultor. Ficava incansavelmente à procura de árvores onde depositar suas colmeias. Diziam que o bom Deus o fizera para esse ofício, porque não tinha a menor dificuldade para alcançar os galhos mais altos, de tão grande que era.

Bem no final da fileira, achava-se a casa de Maguge, situada à beira da floresta que separava Gitwe de Gitagata. Sua mulher chamava-se Kiragi, que quer dizer surda, e era realmente surda e muda. Um mistério envolvia a morte de sua primeira mulher. Tudo isso fazia de Maguge um personagem inquietante, ainda mais por usar sempre um grande chapéu preto que assustava as crianças. Elas o chamavam de Kiroko, o ogro.

Gihanga, do qual se dizia que tivera sorte porque uma de suas filhas, Emma Mariya, desposara Bahima, um comerciante rico de Nyamata. Ela teve uma dezena de filhos que, como ela, foram todos mortos.

*

Entre Gitwe e Gitagata, havia uma pequena extensão de *brousse* que hoje em dia não se distingue mais dos lugares que foram habitados. Mas, a partir do ponto em que a pista começa a descer em direção à depressão pantanosa que antigamente era o lago Cyohoha Norte – porque o lago também desapareceu –, sei que estamos na casa de Pétronille, estamos em Gitagata. Procuro a grande figueira que assinalava a entrada de Gitagata. Sim, ela está bem ali, mas toda ressecada: também ela é um grande esqueleto de madeira morta. A pista é ladeada por sebes altas verde-escuro, como grandes tapeçarias de luto; os eufórbios das antigas cercas enlouqueceram. Atrás, há uma confusão de espinheiros, como se jamais um ser humano tivesse se aventurado por lá. E, no entanto, homens, mulheres e crianças moraram lá, mesmo que lhes tenha sido negado o direito de viver, mesmo com todo o empenho de apagar o menor traço de sua existência.

E quando fecho os olhos, revejo sempre a mesma noite de estação seca. Uma noite de lua cheia. As mulheres atarefadas ao redor das três pedras do fogo, os homens sentados em postura indiana, dos dois lados da pista, conversando seriamente, enquanto circulam cabaças de cerveja de sorgo ou banana. Na pista, os meninos jogam bola feita com folhas de bananeira, e outros, entusiasmados com a velocidade, deixam-se levar pelo aro de sua velha roda de bicicleta. As meninas varreram o pátio e a pista, e agora cantam e dançam. As mulheres, então, interrogam a lua, por acreditarem que a face iluminada revela o futuro. Nas minhas lembranças, sempre há essa grande lua parada sobre a aldeia, despejando sua luz azulada.

Estão todos lá, na noite clara da minha lembrança.

Sindabye, de quem uma das filhas, Valérie, tinha frequentado a escola de assistência social de Burate, na modalidade auxiliar.

Rwahinyuza: um dos seus filhos, Claudiyani, virou comerciante em Nyamata. Era o único que possuía um veículo. Prestava vários serviços a todo mundo. Recorria-se a ele para o transporte dos doentes.

Felicita, viúva de Tito, que teve que cuidar das plantações sozinha para criar os dois filhos restantes. Mas todos os habitantes de Gitwe e Gitagata vinham ajudá-la. Ela era a viúva da aldeia.

Donati, irmão de Mariya. Trabalhava no Instituto Agronômico de Karama e só vinha a Gitagata para animar os casamentos, porque era o melhor dançarino. Achávamos que era tão bonito quanto a irmã, e ele mesmo estava convencido disso.

E havia duas meninas que viviam só com sua mãe deficiente, Bwanakeye e Runura, a manca. Elas não podiam se defender dos jovens do partido, que as faziam de brinquedo.

E tantas outras que se aglomeram nas minhas lembranças: Suzanne, a velha Nyiragasheshe, Athanase, Gashugi, Theresa, Godeliva, a viúva de Nteri, Nyirarwenga, Siridiyo...

*

Na *brousse*, chamuscada por causa da estação seca, é fácil reconhecer o antigo cercado de Antoine. Só ele possui árvores grandes com folhagens sempre verdes, bizarramente exóticas entre a vegetação espinhosa. Tinham sido plantadas com os grãos que ele trazia do Instituto Agronômico de Karama. Ele as amava e cuidava muito bem delas. Ajoelho-me aos pés das grandes árvores e choro.

Quando penso em Antoine, não me ressinto apenas do sofrimento: sou tomada de cólera. Antoine, o sacrificado. Aquele se sacrificou por nós. Coube-lhe o papel do mais velho, do guardião da família. Judith tinha partido há muito tempo. Nunca a vi em casa. Quando fomos deixados em Nyamata, ele estava só. André rapidamente retomou a vida escolar, partiu para Zaza. Meu pai estava absorvido pelos problemas do acampamento dos refugiados. Confiavam nele nas negociações com as autoridades, na resolução dos conflitos. Nem sempre ele podia estar junto à família. Só havia Antoine para ajudar minha mãe nas tarefas cotidianas. Eu tinha quatro anos, Julienne, alguns meses. Minha mãe estava grávida de Jeanne.

Em Gitwe, foi ele quem desbravou a *brousse* para que minha mãe pudesse plantar. Era ele quem, como eu disse, ia buscar água, tão rara em Bugesera; quem nos levava nas costas até o posto de saúde, quando ficávamos doentes. Será que um dia pensou em si mesmo? Terá desejado viver, em algum momento, um pouco da sua própria vida? Foi preciso minha mãe ir, um dia, arrumar-lhe uma esposa, Jeanne, em Cyugaro, e ele se instalou o mais perto possível da casa dos meus pais, para cuidar de nós. Todos os dias ele passava para garantir que tudo ia bem.

Antoine era muito só. Para nos trazer um pouco de dinheiro, meu pai arrumou um trabalho na casa de Rutanga, o enfermeiro, um amigo de Ruvebana, em Ngenda. Ngenda ficava longe, e meu pai só voltava para casa aos domingos. Assim, durante toda a semana, a responsabilidade pela família recaía em Antoine.

Quando meu pai parou de trabalhar fora, foi Antoine quem seguiu adiante. Foi contratado como jardineiro no Instituto Agronômico de Karama. Nessa época, André e Alexia estavam na escola secundária. Foi ele quem pagou grande parte dos nossos estudos.

Minha mãe apoiava-se em Antoine. Ele tinha que fazer tudo. Tinha um dom para tudo que fosse manual. Aprendeu sozinho os ofícios de marceneiro e carpinteiro. Encomendavam-lhe camas, ele instalava os mourões e as vigas das casas. Contudo, do que minha mãe mais se orgulhava era da família de Antoine: nove filhos, dos quais seis homens. Ela, que tinha parido cinco meninas e apenas dois meninos, acreditava que, graças a Antoine, o futuro da linhagem estava garantido. Não era concebível que os seis meninos desaparecessem. Alguns deles permaneceriam.

Minha mãe estava enganada. Antoine, sua mulher, Jeanne, e seus nove filhos, todos foram mortos. E deles não resta nada além de um nome gravado em uma cruz sobre um túmulo. Caminho só, no matagal inextricável daquilo que foi sua casa. E sou tomada pela cólera. Por que esta vida desperdiçada por nós? Esta vida sacrificada em vão? Antoine, Jeanne, os nove filhos, mais nada.

Choro à sombra das grandes árvores.

*

A caminhonete retoma sua estrada e os matagais sucedem-se, um pouco mais densos à medida que descemos em direção ao pântano do antigo lago. Parece-me que as sombras flutuam na bruma luminosa da estação seca, e tenho medo de distinguir os rostos que me vêm à memória.

O de Apollinaire Rukema, o diácono que ensinava catecismo depois da aula. Jamais saía sem sua bíblia debaixo do braço. Ele e sua esposa, Consessa, tinham me convidado para ser madrinha de sua filha, Jacqueline. Em 1973. A cerimônia estava prevista para julho. Não sei quem me substituiu.

Em frente morava seu irmão, Haguma, homem respeitado por ser cozinheiro na casa de um branco, em Karama. Quando se casou com Dafroza, madrinha de minha irmã Alexia, participei das vigílias que as moças mantêm, segundo a tradição, em torno da futura noiva. Naturalmente, essas vigílias estão proibidas aos meninos, mas também às meninas pequenas. Eu só tinha nove anos, porém Mukantwari, minha prima, conseguiu me infiltrar ali.

As vigílias acontecem na casa dos pais da moça. Depois de limpa a última panela, as moças correm para a casa da noiva. Os pais devem deixar o campo livre, mas se encarregam de liberar algumas jarras de cerveja para animar a noite. As moças divertem-se feito loucas: cantam, dançam, contam histórias, mas a futura noiva deve permanecer em sua cama. Ela chora, lamenta-se, e quanto mais a noite avança, mais lamentáveis tornam-se os gemidos e soluços, até o ponto em que o pai aparece e, brandindo seu grosso bastão, finge perseguir as moças, que fogem rindo.

A brincadeira dura duas semanas, e todas as noites cada um desempenha seu papel com convicção.

Também havia Gakwaya. Assim como eu, sua esposa chamava-se Skolastika. Ele tinha sido chefe em Ruhengeri. Achava que plantar depunha contra sua dignidade e suportava a fome com nobreza no drapeado impecável de sua canga branca. De longe, ouvia-se sua chegada, pelo rangido dos seus velhos calçados; suas solas muito gastas deixavam-no bambo. Mas ele se recusava a usar as sandálias que todos os outros refugiados faziam a partir de pneus. As tiras de couro dos seus sapatos eram tudo que lhe restava do seu antigo esplendor.

Kabugu também era de altíssima linhagem, um *umuhindiro*, próximo aos reis, mas se virava melhor. Tinha casado uma de suas filhas com um branco, o que lhe rendera uma bela casa e, sobretudo, uma bicicleta, que parecia minúscula com ele em cima, por ele ser um homem enorme.

Em seguida vinha Bernard, que, assim como Haguma, era cozinheiro em Karama. Tinha assumido as maneiras de seus patrões, porque, para espanto geral, bebia chá todas as manhãs, o que, apesar de seu porte pequeno, fazia com que fosse classificado como um dos grandes homens de Gitagata. Tinha passado por uma grande tristeza: suas três filhas mais velhas haviam morrido, no mesmo ano, de uma doença misteriosa. Sua esposa, Joséphine, ficou muito tempo sem ter outros filhos. Não se ousava frequentar muito a sua casa. Mais tarde, ela voltou a pôr no mundo inúmeras crianças. Todo mundo constatou, com alívio, que eram bem saudáveis. Joséphine voltou a ter visitas.

Em algum lugar por lá, também, devia estar a casa de Berkimasse, o único alfaiate de Gitwe e de Gitagata. Era admirado. Nós, as meninas, rodeávamos sua máquina de costura. Às vezes ele nos dava, mas era raro, alguns retalhos de tecido para vestir nossas bonecas de folhas de milho ou de bananeira. Encomendar-lhe uma roupa era um luxo quase inacessível. Ele não aceitava nem feijão, nem bananas como pagamento. Só queria dinheiro. Mesmo assim, é preciso admitir que fazia crediário com facilidade, sobretudo para uniformes escolares: vestido azul para as meninas, camisa e short cáqui para os meninos.

Na casa de Sisiliya, cunhada do alfaiate, havia uma coisa que atraía todas as crianças. Em frente à casa, ela tinha plantado dois pés de cana de açúcar. Naquela época, isso era raro. Todos nós íamos mascar os caules açucarados. Estávamos dispostos a lhe prestar todos os serviços para que ela nos desse um pedacinho de cana. Na ida para a escola, às vezes ficávamos muito tempo contemplando as canas de açúcar, como fazem as crianças europeias em frente a uma vitrine de doces. Sisiliya vivia só com seus três filhos. Seu marido tinha partido para o Burundi.

Depois, havia Patrice. Sua filha, Patricia, vendia tomates e óleo de palma no mercado. Guardava um pouco de dinheiro para comprar roupas de segunda mão para si. Todas as moças tinham inveja disso.

Agora, acho que estamos em frente à casa de Diyonisi. Sua mulher, Raheri, tinha seios que lhe desciam quase até as coxas. Eram chamados de *imivungavunga*, nome de uma longa vagem esponjosa, fruto de uma árvore cujo nome ignoro. Sua filha, Jacqueline, era minha colega de classe, uma verdadeira amiga. A pobre empenhava-se em aprender suas lições, mas não conseguiu passar no exame nacional. Permaneceu na aldeia. Faz parte dos raros sobreviventes de Gitagata.

E em seguida Nastasiya, Gakwaya e Suzanne. Sua filha, Colomba, falava alto como um homem. A verdade é que, depois que seu pai partiu para o Burundi, ela se tornou o chefe da família...

É preciso que eu fale de Sematama, a vergonha da aldeia. Um tutsi de alta linhagem. Abandonou sua primeira mulher, a bela Stéphanie, e vivia com uma hutu, Kankera, com a qual teve muitos filhos homens. Eram pequenos canalhas, que não iam à escola e cuja linguagem grosseira chocava a todos.
    Além disso, aconteceu o caso do roubo das vacas. Sematama entrou em conluio com os batwas para roubar as vacas de seu vizinho Kabugu! Vagaram a noite toda na *brousse* à procura de um lugar onde esconder as vacas roubadas. Ao amanhecer, os madrugadores cruzaram com Sematama e seu bando de batwas levando à frente as vacas de Kabugu. Sematama arrastava-se com dificuldade, as pernas completamente inchadas. Kabugu foi avisado e, com a ajuda de toda a aldeia, agarrou Sematama e seus cúmplices. Os ladrões foram amarrados em uma árvore no pátio de Kabugu. Era um belo espetáculo ao qual ninguém queria faltar: o nobre Sematama

amarrado com os batwas! As crianças dançavam em volta da árvore do suplício e toda a aldeia rodou à sua volta, cuspindo nos pés dos condenados.

Depois, foi decidida a pena a ser infligida. Sematama, como forma de reparação, propôs convidar toda Gitagata a vir beber cerveja em sua casa, como se fazia em um casamento. Todos aceitaram compartilhar a cerveja de reconciliação e Sematama recuperou, ao menos em parte, sua respeitabilidade.

E quem se lembrará de Joséphine Kabanene, a moça mais elegante, mas também a mais orgulhosa da aldeia? Quando aceitava dançar em um casamento, vinham pessoas de longe para ver como ondulava seus belos cabelos. No momento em que, elevando seus lindos braços, evocava os chifres perfeitos das vacas *inyambo*, era aplaudida.

Joséphine protegia-se tanto quanto possível para escapar dos jovens do Parmehutu, mas acho que era, sobretudo, sua mãe, que vendia Primus, quem comprava a tranquilidade da filha com algumas garrafas de cerveja. Em Bugesera, a cerveja era mais rara do que as moças bonitas. Quanto à bela Kabanene, recusava todos os pedidos de casamento, calculando que nenhum dote valia a sua beleza. No entanto, acabou se casando com um rico comerciante de Kigali, que soube pagar o preço.

Mas não gostaria de esquecer Rutetereza, o albino considerado um pouco como o idiota da aldeia. Vivia só com os avós, que já não saíam da cama. Era o menino mais gentil e mais serviçal que já conheci. Não apenas cuidava da avó, como estava sempre pronto a prestar serviços a todas as idosas de Gitagata. Buscava água e lenha para elas. Jamais descansava e jamais se queixava. Estava sempre com um grande sorriso. Minha mãe gostava muito de Rutetereza; considerava-se sua madrinha...

*

O veículo para. À esquerda da pista, sempre essa confusão de arbustos, de matagal. "Olhe", me diz Emmanuel, "você não reconhece? Estamos na casa de Cosma, de Stefania, na sua casa!" Olho o emaranhado de talhadia, é difícil me convencer. Estou em casa. "Olhe", insiste Emmanuel, "os sisais da entrada!" É, à margem da pista, há algumas folhas amarronzadas, com espinhos pretos, um pouco encarquilhadas pela secura. Emmanuel aponta uma árvore sufocada por sarças e cipós. "Veja, o abacateiro da Jeanne!" Repito para mim mesma que estou em casa, e me dou conta de que, para me preservar, apesar do que meu irmão me havia dito, apesar do que eu sabia, conservei, como uma esperança profunda e secreta, a ilusão de que a desolação que se tinha abatido sobre Gitagata houvesse poupado alguma coisa em minha casa; que um sinal, além da morte, me esperava. Mas, é lógico, não havia nada, nem ninguém. E subitamente vejo-me odiando com violência essa vegetação insana que desempenhou tão bem o "trabalho" dos assassinos, fez da minha casa essa *brousse* hostil. Não quero ouvir as explicações de Emmanuel, não quero responder às perguntas dos meus filhos. Não quero mais saber onde estava a velha casa, nem a nova. Estou só em uma terra estranha onde ninguém mais me espera.

Fecho os olhos e, sobre o cenário das lembranças, reposicionam-se as coisas desaparecidas. E eis que, novamente, acolhem-me à entrada os grandes pés de café carregados de frutos vermelhos. A seus pés, a manta de ervas secas é um tapete sobre o qual adoro caminhar descalça. A trilha está ladeada de flores amarelas, que Jeanne cuida com amor. Bem perto da casa, as bananeiras desfrutam o caldo do cozimento do feijão; são elas que produzem as variedades mais suculentas – as *kamaramasenge*, as *ikingurube*. Minha mãe reservou-nos os cachos mais bonitos para as férias, para a nossa volta. Diante da porta, um grande pé de mandioca funciona como toldo. Minha mãe espera-me na soleira. Amarrou sua canga mais bonita, a que usa para ir à missa. Abraçamo-nos longamente, como pede o costume, como que para nos impregnar do calor dos nossos corpos. Ela entra em casa primeiro, e escuto o marulho familiar da cerveja de sorgo que fermenta nas grandes jarras. Penetramos no cômodo escuro. Minha mãe estende-me um canudo. Enfio-o no líquido fremente. Estou em casa.

Abro com dificuldade um caminho entre os *ibihehaheha*, esses arbustos cujas hastes ocas funcionam como canudos. Eles invadiram tudo. Depois que o matagal se abre, atravesso uma extensão de terra lisa, nosso antigo campo de plantação. O limite é sempre assinalado por um *umucyuro*, cujas folhas curam as doenças de pele e que, ao roçar nelas, tomamos bastante cuidado para poupá-las. Percebo que, agora, estou em uma trilha bem traçada e, parece, frequentada. Ali está até mesmo uma plantação de batatas-doces e mamoeiros. Repentinamente, me vejo na entrada de um cercado que até então escondia um baixio do terreno: a casa principal, retangular, em terra batida, algumas choupanas menores, mais grosseiras, talvez estábulos ou a habitação dos filhos, o pátio varrido com capricho. Uma mulher, sobretudo graciosa, vem em direção ao meu marido, que segue à frente, mas, ao me descobrir, de repente, atrás, solta um grito e foge. Eu ainda a ouço no bananal, na encosta do vale de Gikombe, repetindo aos gemidos: "*Yebabawe! Yebabawe! Karabaye!* – Isso tinha que acontecer! Isso tinha que acontecer!".

Percebo que uma menininha está agachada na estreita faixa de sombra ao pé da parede da casa grande. Eu lhe pergunto: "Quem é essa mulher? Por que ela fugiu?". Ela não a conhece. É uma vizinha que veio visitar. Depois, sem que eu lhe pergunte nada, encadeia: "Sabe, tenho doze anos, durante a guerra eu era muito pequena, não vi nada". Ela interrompe o que estava dizendo. Um homem surge na moldura da porta e caminha para nós. Não é difícil reconhecê-lo: é ele mesmo, o vizinho que minha mãe convidou para a "minha festa", em 1986. Pergunto-lhe quem era seu vizinho. Ele começa sustentando que lá nunca houve ninguém. "Do outro lado da estrada sim, era habitado, era a casa de Munyaneza, mas aqui no vizinho nunca morou ninguém." E Cosma? Ele nunca ouviu falar em Cosma. Depois ele se corrige: ah, claro, Cosma, mas nessa época ele não estava lá, estava no Congo.

"Escute", diz Emmanuel, "esta, diante de você, é a filha de Cosma. Você tem algo para dizer a ela?"

Faz-se um longo silêncio. Ele hesita.

"É, agora que vejo que é a filha de Cosma, bem que posso lhe pedir perdão..."

Essas palavras me deixam tão transtornada que fico como que paralisada. Há um longo silêncio, depois procuro, em vão, uma palavra que o encoraje a continuar, a me dizer o que quero saber há tanto tempo... Mas já é tarde demais, ele retomou seu discurso de negação, não conseguirei mais nada.

"Escute, não matei ninguém, eles subiram lá no alto, em Rebero, não matei ninguém. Me lembro que eles partiram por volta das quatro da tarde. Não matei ninguém. A senhora ouviu dizer que eu matei alguém? A família morreu em Rebero. Eles estavam velhos. Ninguém morreu aqui. Eu não conhecia seus filhos, a não ser no dia em que ele casou sua última filha...

Não o escuto mais. Quer tenha sido ele, ou outros, a matar meus pais, ou a participar de sua morte, jamais saberei.

Mas insisto, não quero partir sem um sinal. É como se eu tivesse me dado conta de que ainda estou lá, viva. Terei cumprido a missão que, trinta anos antes, meus pais me confiaram? Viver em nome de todos. Eu, que não tive outra escolha senão ser uma boa aluna católica, ponho-me a esperar que o espírito dos mortos – o *umusimu* – manifeste-se no mato e nos vestígios do bananal, e me dê a resposta.

Na espessura do arbusto onde me escondi, parece que reconheço o lugar dos serões, o fogo com suas três pedras no meio do grande recipiente de argila – o *urubumbiro* – feito por minha mãe. Meu pai está ali, lendo sua bíblia à luz do lampião. Perto do fogo, estamos nós três, Jeanne, Julienne e eu, grudadas em volta de mamãe, escutando suas histórias. E, com efeito, sob os ramos entrelaçados, há um monte de pedras e entulho. Como que atraída por uma força desconhecida, afasto alguns seixos e, entre as pedras aparece uma serpente preta que se esgueira e some entre as plantas altas. E eu, que tenho um pânico horroroso de serpentes, fico espantada de não gritar, não fugir em disparada. Parece-me que, fascinada, não consigo desgrudar meu olhar das sinuosidades da serpente que, silenciosamente, abre caminho entre os ramos ressecados.

Enquanto me dirijo para o veículo, meu pensamento recai o tempo todo na serpente. De um jeito estranho, é como se sua imagem me assegurasse e me trouxesse uma sensação de apaziguamento. Não se trata da serpente mortal, enrolada nos pés de banana. Não é aquela com cujo nome os hutus nos xingam. Também não é a serpente da Bíblia do meu pai, aquela que nos mostravam na igreja, a serpente que se enrolava na árvore do Paraíso. Esta serpente é aquela que minha mãe conhecia, ela, que conhecia tantas coisas que a fala opressiva dos missionários não lhe permitia transmitir, mas que, às vezes, no desvio de uma frase ou de um gesto – e muitas vezes era para mim que ela gostava de se dirigir –, revelava todo um mundo escondido sob as aulas de catecismo. "Antes", ela dizia, "antes da chegada dos brancos, em cada terreno cercado havia uma serpente familiar, que era respeitada por ser a única que conhecia o caminho que leva ao país dos espíritos dos mortos, e sua presença era, para nós, sinal da benevolência deles."

Gostaria muito de acreditar que essa serpente fosse mesmo o sinal enviado por todos aqueles que pereceram, dizendo-me que jamais traí os meus, que era por eles que eu deveria seguir o longo atalho do exílio, que eu tinha voltado a pedido deles, para receber como depositária a memória de seus sofrimentos e mortes.

Sim, sou mesmo aquela que é sempre chamada por seu nome ruandês, o nome que me foi dado pelo meu pai, Mukasonga, mas a partir de agora guardo em mim mesma, como que fazendo parte do mais íntimo de mim mesma, os fragmentos de vida, os nomes daqueles que, em Gitwe, Gitagata, Cyohoha, permanecerão sem sepultura. Os assassinos quiseram apagar até suas lembranças, mas no caderno escolar que nunca me deixa, registro seus nomes, e não tenho pelos meus e por todos aqueles que pereceram em Nyamata, nada além deste túmulo de papel.

Todas as noites, meu sono é perturbado...

I
Fim dos anos 1950:
uma infância tumultuada desde muito cedo

II
1960: exilada do interior

III
Em Bugesera: sobrevivendo na *brousse*

IV
1961-1964: a exclusão "democrática"

V
Gitagata: as plantações, a escola, a paróquia

VI
Os anos de 1960: terror hutu,
entre milícias e militares

VII
1968: o exame nacional, um sucesso inesperado

VIII
1968-1971: uma aluna humilhada

IX
1971-1973: a escola de assistentes sociais de Butare,
a ilusão de uma vida normal

X
1973: expulsa da escola, expulsa de Ruanda

XI
1973: refugiada no Burundi

XII
Ruanda: um país proibido

XIII
1994: o genocídio, o horror aguardado

XIV
2004: na estrada do país dos mortos

INSTITUT FRANÇAIS
BRASIL

Liberté • Égalité • Fraternité
RÉPUBLIQUE FRANÇAISE

AMBASSADE DE FRANCE
AU BRÉSIL

Cet ouvrage a bénéficié du soutien des Programmes d'aides à la publication de l'Institut Français

Este livro contou com o apoio à publicação do Institut Français.

© Editora Nós, 2018
© Editions Gallimard, 2006

Direção editorial SIMONE PAULINO
Projeto gráfico BLOCO GRÁFICO
Assistentes de design LAIS IKOMA, STEPHANIE Y. SHU
Preparação LIVIA DEORSOLA
Revisão LUISA TIEPPO

Foto da autora [p. 192]: © Photo C. Hélie © Editions Gallimard

3ª reimpressão, 2023

Texto atualizado Segundo o novo Acordo Ortográfico da Língua Portuguesa

---

Dados Internacionais de Catalogação na Publicação (CIP)
(Câmara Brasileira do Livro, SP, Brasil)

Mukasonga, Scholastique
 Baratas: Scholastique Mukasonga
 Título original: *Inyenzi ou les Cafards*
 Tradução: Elisa Nazarian
 São Paulo: Editora Nós, 2018.
 192 pp.

ISBN 978-85-69020-30-1

1. Genocídio – Ruanda – História. 2. Guerra Civil.
3. Relações étnicas. 4. Mukasonga, Scholastique.
5. Biografia. I. Nazarian, Elisa. II. Título.

341.485 / CDD-364

Índices para catálogo sistemático:
1. Genocídio 364
2. Assassínio de grupos nacionais, étnicos, raciais 341.485

Todos os direitos desta edição reservados à Editora Nós
Rua Purpurina, 198, cj 21
Vila Madalena, São Paulo, SP CEP 05435-030
www.editoranos.com.br

Fonte BELY Papel PÓLEN BOLD 70 g/m² Impressão SANTA MARTA